飲水詩詞集

[清]納蘭性德 著

中國書店

據北京師範大學圖書館藏清康熙三十年張純修刻本影印原書版框高十七點四厘米寬十二點七厘米

前言

世間有極少數人，他們偶游塵寰，倏然而逝，却如凌波顧影，傾國傾城。天地悠悠，一茬又一茬的生命來了又去，遁形於虚空，仿若不曾存在。唯獨那些天意獨鍾的生靈，雁过留痕，歷久彌新，鑄成不朽之傳奇。清代詞人納蘭容若就是那極少數人之一。他留下的作品，就是那瞬息千古的印痕，長溝流不去，皎然正中天。數百載以還，流沙世界芸芸衆生，依然捧讀納蘭詞，輾轉沉吟於月夕風晨。

納蘭性德（一六五五—一六八五），原名成德，一度避太子諱而改名性德，字容若，號楞伽山人，清康熙朝武英殿大學士納蘭明珠長子。關於其生平、家世，歷來研究已多，以至街談巷議，兹不詳述。容若作品在其身後的校刻與流布，則并非衆所周知，然其聲名之顯赫，實與此息息相關，且其中藴蓄了幾多相知相愛，幾多傷悼痛惜，醇厚悠長，感人至深，無負容若對人世的款款深情。今天，這樣的故事尤其值得鄭重書寫，廣泛傳播。

容若病逝於康熙二十四年（一六八五）夏季。六年之後，康熙三十年（一六九一）的秋天，由其生前摯友顧貞觀審定、張純修付梓的遺集刊成於揚州。六年，逝者已杳，存者未忘。死生固相隔，念念有餘響。在其揚州寓所語石軒，張純修摩挲故人遺作，泚筆撰序：

『容若與余爲异姓昆弟，其生平有死生之友曰顧梁汾。』

『异姓昆弟』張純修（一六四七—一六九一），字子安，號見陽，又號敬齋，世居河北豐潤。父張自德（一六〇八—一六六七），爲滿洲正白旗包衣，占籍遼陽，入關後歷任貴州道御史、陝西巡撫、工部尚書兼都察院右副都御史，政聲顯赫，歿後祀名宦。見陽由貢生入仕，官至廬州知府。當其爲布衣時，翩翩佳公子，與納蘭容若同調相倫，處華膴而慕清癯，互不以貴游相待，而以清操潔行相砥礪，以詩詞書畫相涵養，心心相印，可當金石。見陽工畫，名播京城；又富收藏，品味極佳，納蘭容若所藏珍品中即有其贈送之物。上海圖書館嘗影印《詞人納蘭容若手簡》，計三十六通。其中二十八通爲寄見陽者，多以『吾哥』相稱，直抒胸臆，率性淋漓，足見肝膽相照之誼。康熙十八年（一六七九），張見陽赴湘任江華縣令，自此分袂，遠離京師。納蘭容若病故時，見陽在揚州江防同知任上，未能奔哭寢門，乃以特殊的方式祭奠亡友：他『每畫蘭，必書容若詞』，以致『萬首自跋納蘭詞』。惓惓衷情，逾於手足。

『死生之友』顧貞觀（一六三七—一七一四），字華峰，號梁汾，江蘇無錫人。負家學，殫心經史，才氣橫溢，名與同邑秦松齡、嚴繩孫相亞。康熙五年（一六六六）舉順天鄉試，擢内國史院典籍。後丁憂歸。服除，因受牽連，退出仕途。康熙十五年（一六七六）復入京，爲納蘭府西賓。容若與其電光石火，傾蓋如故，賦《金縷曲》相贈，中有『一日心期千劫在，後身緣、恐結他生裏。然諾重，君須記』語，遂締忘年知交。二人常促膝縱談，於世道人心恒有戚戚焉。梁汾長於填詞，與竹垞、迦陵并稱。納蘭得以詞人留名史册，離不開梁汾提點之功。先是，梁汾好友吴兆騫因科場舞弊案受牽連，流放寧古塔，於時已十年。梁汾披肝瀝膽，欲救而不得，侘傺愁悒，感賦《金縷曲》兩闋。容若讀後深受感動，以詞代簡，發誓『絶塞生還吴季子，算眼前、此外皆閑事』（《金縷曲·簡梁汾，時方爲吴漢槎作歸計》），懇於其父明珠，出面援救吴兆騫，終使其生還中原。在同心協力、拯友於絶域的俠義之舉中，容若與梁汾的交誼更加深澈，抵達死生之境。

納蘭容若去世後未久，其父明珠被參劾降級，昔日趨附逢迎之輩早如猢猻散，且不乏中傷容若者。而張純修、顧貞觀篤念舊誼，『相顧太息，泣下不可止』，并『思所以不朽容若者』。然『立德非旦暮可期，立功又未可預必，無已，試立言乎？』於是，顧貞觀將自己精心審定的納蘭詩詞稿付與張純修，謀壽諸梓。

張純修刻本，世稱『張氏刻本』或『語石軒刻本』，定名《飲水詩詞集》，凡五卷，即《飲水詩集》上下二卷、《飲水詞集》上中下三卷，共收詩二〇四首、詞三〇三闋。半頁九行二十字，白口或細黑口，左右雙欄。筆畫精雕，用心可鑒。此本流傳絶罕。北京師範大學圖書館藏有一部，曾經重裝，前後加護頁。序言頁鈐『謙牧堂藏書印』，書末鈐『謙牧堂賞鑒書畫之章』。謙牧堂爲容若之弟揆叙齋號。揆叙（一六七五—一七一七），字恺功，号惟实居士，明珠次子。康熙三十五年（一六九六）授侍读，历官翰林院掌院、都察院左都御史。吴兆騫從塞外歸來後，即被明珠聘爲揆叙之師。在吴夫子、查慎行等漢族文人指導下，揆叙亦擅文墨，且精鉴别，藏书极富。

卷端頁鈐『馮汝玠印』。護頁有馮汝玠題跋二篇。馮汝玠，字志青，室名環璽齋，浙江桐鄉人。生於光緒元年（一八七五），民國三十年（一九四一）尚在世。光緒二十三年（一八九七）捐資爲兵部行走，調陸軍部統計處統計專員，宣統間充海軍部司長。入民國，應上海鎮守使鄭汝成之招，負責清理江南機器製造局文牘，改任製造局會計處處長。後曾任浙江紹興、嘉興烟酒公賣局局長，國務院存記等職。兼任北大教授，講授文字學、金石學、目録學等。著有《文字形義總元》（一九一二年石印本）、《指事説》（一九三五年馮氏環璽齋石印本）、《文字總樞》（一九三七年馮氏環璽齋石印本）等。還參與撰寫《續修四庫全書》提要。精鑒賞，富收藏。其從兄馮汝琪（一八七〇—？），字花隱，一字侗齋，號蘊珊，又號伯珩，爲光緒三十年（一九〇四）進士，歷官刑部郎中、直隸唐縣知縣，以書聞名。馮汝玠亦擅書，藝術品拍賣市場屢現其手迹，筆法健勁而清婉，悦人神目。題於此本的兩跋，觀其書法，不啻藝術品；論其行文，娓娓道來，不蔓不枝。兹將全文謄録如下：

張氏此刻，張詩舲據而翻雕，僅得殘本，末頁闕字及自度曲，竟無從據補。嘉慶時已難得如此，求之今日，更如星鳳。余平生所見張氏原刻，僅有三本。一爲濟寧孫文恪公哲嗣孟延藏本，爲揆愷功孫平叔舊藏，内有『謙牧堂』及『平叔』印記，完全無闕，今歸於余。一爲文友堂售出之本，亦完全無闕，而無收藏印記。一即此本，卷内僅闕兩行，業經補完，前後并有『謙牧堂藏書印』記，視余所藏，雖曾補寫，而舊爲容若之弟愷功所藏，則視文友之本彌足珍也。桐鄉馮汝玠題。（鈐印：志青、馮汝玠印）

戊寅秋間，書友收得是書，即送余閲。余知此刻爲張詩舲翻雕所據、未經改字之初刻，在嘉道時已不可多得。余因已藏有孫孟延舊藏謙牧堂藏本，遂題而歸之，并廣爲揄揚。

乃輾轉數月，或嫌太舊，或病改裝，迄未遇解人，仍歸於余。此固物各有主，亦可見藏書之家，收藏者多而真能誦讀者少也。庚寅正月二十日燈下展閲題。志青。

兩跋揭示了此本之珍稀貴重。嘉道時，張純修刻本已如孤鸞在天，尋常難遘，故有張祥河重梓之舉。張祥河（一七八五—一八六二），字元卿，號詩舲，江蘇婁縣（今屬上海）人。嘉慶進士，官至工部尚書。道光二十四年（一八四四），張詩舲由河南按察使升任廣西布政使，次年便在署所重刻《飲水詩詞集》。其序有言：『余在桂林，側聞大中丞稚圭先生緒論及詞學，推容若爲南唐後主真派，令曲勝於慢序。出是集，云得之京師廠肆，惜其後闕頁。余亟請刊布，以廣其傳，先生頷之。』可知張詩舲所據底本是周之琦所藏，購於京城琉璃廠。周之琦（一七八二—一八六二），字稚圭，號耕樵、退庵，河南祥符（今屬開封）人。嘉慶進士，累官至廣西巡撫。長於倚聲，有《心日齋詞》。

張詩舲重刻本，爲納蘭詞在清後期的傳播發揮了作用。然而，重刻本對原文有所改易：『其有不合律者，或傳抄之誤，余爲更易十數處。』（張祥河《偶憶編》）。如此一來，重刻本文獻價值即打折扣，故馮汝玠在題跋中强調此本爲『未經改字之初刻』，以顯其珍。跋中提及『卷内僅缺兩行，業經補完』，據紙色判斷，蓋爲《納蘭詞》卷上之最後半頁。然補寫字體與原刻幾無异樣，不經提醒，庶難察覺。

兹以先進的古籍影印技術，將北師大圖書館藏張氏語石軒刻本《飲水詩詞集》高清原色複製，令珍本真身化爲百千，纖毛畢肖，既光大納蘭容若之清辭麗句，亦揄揚顧梁汾、張見陽之厚誼深情，以期千秋萬代，四海八荒，衷情附妙文而不朽，懿行共華章而昭明。

肖亞男

二〇一八年十月八日

飲水詩詞集

康熙辛未張純修刻本謙牧堂舊藏

今歸環璽齋戊寅臘月志青汝玠題

張氏此刻張詩舲校而翻雕僅得殘本末葉劉字及自度曲竟無從校補右芰時已難得如此求之今更若星鳳余生平所見張氏原刻僅有三本一為濟甯孫文恪公哲嗣孟延藏本為揆愷功孫平林舊藏卷內有謙牧堂及平林印記完全無闕今歸於余一為文友堂售出之本亦完全無闕而無收藏印記一即此本卷內僅劉兩行業經補完前後並有謙牧堂藏書印記視余所藏雖有補寫而舊為容若之弟愷功所藏則視文友之本彌足珍也桐鄉馮汝玠題

戊寅秋間書友收得是書即送余閱余知此刻爲張詩舲翻雕所據未經改字之初刻在嘉道時已不可多得余因已藏有孫孟延舊藏謙牧堂藏本遂題而歸之並廣爲揄揚乃輾轉數月或嫌太舊或病改裝迄未遇解人仍歸於余此固物各有主亦可見藏書之家收藏者多而真能誦讀者少也庚辰正月二十日燈下展閱題志青

志青

飲水詩詞集序

余既裒容若詩詞付之梓人刻既成謹泚筆而爲之序曰嗟乎謂造物者而有意於容若也不應奪之如此其速謂造物者而無意於容若也不應畀之如此其厚豈一人之身故有可解不可解者耶容若與余爲異姓昆弟其生平有死生之友曰顧梁汾梁汾嘗言人生百年一彈指頃富貴草頭露耳容若當思所以不朽吾亦甚思所以不朽容若者夫立德非旦暮可期立功又未可預必無已試立言乎而言之僅僅

以詩詞傳則非容若意也并非梁汾意也語云非窮愁不能著書古之人欲成一家之言網羅編葺動需歲月今容若之才得於天者非不最優而有章服以束其體有職守以勞其生復不少假之年俾得殫其力以從事於儒生之所爲噫嘻豈真以畀之者奪之而其所不可解者卽其所可解者耶梁汾從京師南來每與余酒闌燈灺追數往事輒相顧太息或泣下不可止憶容若素矜慎不輕爲文章極留意經學而所爲經解諸序從未出以相示此卷得之梁汾手授

其詩之超逸詞之雋婉世共知之而其所以爲詩詞者依然容若自言如魚飲水冷煖自知而已區區痛惜之私欲不言不忍姑述其大略如是云時康熙辛未秋仲古燕張純修書於廣陵署之語石軒

飲水詩集卷上

長白性德著原名成德　錫山顧貞觀閱定

五言古詩

擬古

煌煌古京洛昭代盛文治曰余餐霞人簪紱忽如寄
微尚竟莫宣修名期自致榮華及三春常恐秋節至
學仙旣蹉跎風雅亦吾事

二

相彼東田麥春風吹嫋嫋過時若不治瓜蔓同枯槁

天道本杳冥人謀苦不早荒廬日卅坐百慮依春草
四顧何茫然凝思失昏曉

三

乘險歎王陽叱馭來王尊委身置岐路忠孝難并論
有客齋黃金誤投闕西門凛然四知言清白貽子孫

四

客從東方來叩之非常流自云發扶桑期到海西頭
白日當中天浩蕩三山秋迴風忽不見去逐靈光遊
燭龍莫掩照使我心中愁

五

天門詄蕩蕩翕施羅星躔白日矚微躬假翼令飛騫
平生紫霞心翻然向淩烟雙吹鳳笙歘宛轉辭羣仙
越影簫浮雲橫出天駟前玉繩耿中夜帝車何時旋

六

壙然成獨立片月相古今馳茲西北樓斜暉鳴玉琹
清影忽以去悵惘予何心

七

竹生本孤高翛然自植立矯矯雲中鶴翺翔何所集

丈夫故豁達身世何汲汲外物信非意潦倒翻成泣
瞻彼嶺頭雲扶疎被原隰延佇當重陰西風吹衣急

八

寒沙連雲起遙空白雁落之子方從軍深閨竟寂寞
天遠豈知返路阻長河絡北風吹瘦馬鐵衣不堪着
從軍日未久朱顏鏡中削悠悠復悠悠人生胡不樂

九

妾如三春花君如二月風澹澹從東來吹作夭桃紅
一朝從軍行令人歎飛蓬何似雲間月清輝千里同

十

天地忽如寄人生多苦辛何如但飲酒邈然懷古人
南山有閒田不治委荊榛今年適種豆枝葉何莘莘
豆實既可採豆藿亦可薪

十一

宇宙何蕩蕩皇天亦安知屈平放江潭子胥乃鴟夷
升沉本偶然遇合寧有時千古恨如此徒爲弔者悲
微生亦何幸勗哉遘昌期

十二

三月燕巳來清陰杏子落春風在青草吹我廋城郭
道逢貴公子銀鞍紫絲絡籍草展華茵相邀共盃酌
爲言相見歡殷勤費酧酢久之語漸洽禮數少脫略
初誇身手好漫叙及勛爵惜哉君卿才何事失宦學
予咲但飲酒日暮風沙惡走馬東西别歸路烟漠漠

十三

余生未三十憂愁居其半心事如落花春風吹已斷
行當適遠道作計殊汗漫寒食青草多薄暮烟冥冥
山桃一夜雨茵蒩隨飄零願餐紅玉草一醉不復醒

十四

松生知何年積鐵立一碧其上無女蘿其下遠荆棘
何用託孤根蒼崖多白石亦有青蘭花吐芬在其側

十五

美人臨殘月無言若有思含顰但斜睇吁嗟憐者誰
予本多情人寸心聊自持浩歌幽蘭曲援琴終不怡
私恨託遠夢初日照簾帷

十六

安石負盛名乃在衡門初名僧既接席妙伎亦同車

仕進艮偶然年已四十餘軍國事方棘圍碁看捷書所以絲竹歡陶寫待桑榆晚造泛海裝始志終不渝馬策西州門想像生存居君看早達者懷抱竟何如

十七

凉風颯然至秋雨滿空堦室有積憂人所思在天涯蟋蟀鳴北牖蛛絲落高檐明發出門望爽氣正西來西山有澗阿肥遯以爲懷

十八

生本蒲柳姿同飈任西東心如秋潭水夕陽照已空

落花委波文天地如飄蓬忽佩紫金魚予心何夢夢
不如葺茅屋種竹栽梧桐貴賤本自我榮辱隨飛鴻
何哉阮步兵慷慨泣途窮

十九

客遺緗綺琹言是雷霄斵能啼空山猿亦飛秋澗瀑
援之發古調三奏不成曲朱絃淡無味余亦郁免俗

二十

白雲本無心卷舒南山巔遥峰如夢中孤影相與還
忽然間高霞霏霏欲成烟風花落不已流輝轉可憐

皎潔自多愁況復對下弦高樓夜已半惜此不成眠

二十一

歲星不在天大大隱金馬門微言亦高論一一感至尊
文園苦愁病凌雲氣蕭瑟乘傳威始伸諫獵情彌切
所爲一卷書乃待身後出

二十二

西漢有賈生卓犖眞奇士齋志終未達盛年身竟死
爲文弔屈平可憐湘江水忤俗謝勛貴輕生答知已
臨風忽搔首吾亦從逝矣

二十三

鳳翔幾千仞羽儀在寥廓結巢梧桐頂層雲覆阿閣
非無青琅玕不寄西飛鶴一鵠正西飛翩翩長苦饑
玉潭照清影獨自刷毛衣生得謝虞羅光彩非所希

二十四

初日淡楊柳對之何所言東風幾千里吹入十二門
天地忽如寤青草招迷魂堂堂復堂堂春去將誰論

二十五

世運倏代謝風節棄已久馨折投朱門高談盡畝畝

言行清濁間術工乃逾醜人生若草露營營苦奔走
爲問身後名何如一杯酒行當向酒泉竹林呼某某
時有西風來吹香滿罌缶不問今何時臨風但搔首

二十六

宛馬精權奇歘從西極來蹴踏不動塵但見烟雲開
天閑十萬匹對此皆凡材傾都看龍種選日登燕臺
却瞻橫門道心與浮雲灰但受伏櫪恩何以異駑駘

二十七

春風解河氷戚里多歡娛置酒坐相招鼓瑟復吹竽

而我出郭門望遠心煩紆垂鞭信所歷舊壘啼饑烏
吁嗟獻納者誰上流民圖一騎紅塵來傳有雙羽書
慷慨欲請纓沉吟且踟躕終爲孤鳴鶴奮翥凌雲衢

二十八

落日忽西下長風自東來天地果何意逝水去不回
世事看奕棋刼盡昆明灰長安羅冠蓋浮名良可哀
不如巢居子遁跡從蒿萊

二十九

行行重行行分手向河梁持杯欲勸君離思激中腸

努力飲此酒無爲居者傷

三十

長安游俠子黃金視如土結交及屠博安知重圭組
一朝列華筵羞與朱履伍惜哉意氣盡委身逐傾吐
時俗尚唯阿至人亦傴僂惟昔有贈言深藏乃良賈

三十一

閉關謝西域漢文何優柔聖澤逾亥步遐荒如甸侯
旅獒旣充貢越雉亦見收蠻族進珊瑚不煩使者求
昭回雲漢章燭及海外州人生覩盛事豈羨乘槎遊

三十二

聖主重文學淸時無隱淪遂令拂衣者還爲棄繻人

適意聊復爾去來若無因昔釆西山薇今憶淞江蒓

三十三

結廬依深谷花落長閉關日出衆鳥去良久孤雲還

迴風送疎雨微芬扇幽蘭白日但靜坐坐對門前山

生世多苦辛何如日閒閒

三十四

與君昔相逢乃在苧蘿村相逢郎相別後期安可論

揚蛾啓玉齒聲發已復吞詎絕賞音者其如一顧恩

三十五

信陵敬愛客舉世稱其賢執轡過市中爲壽監門前
邯鄲解圍日韊矢引道邊救趙適自危故國從棄捐
功成失去就始覺心茫然再勝却秦軍遭讒竟誰憐
趣歸不善後作計非萬全博徒賣漿者名字亦不傳
惜哉所從遊中詎無神仙飲酒雖達生辟穀乃長年

三十六

積雪在房櫳新月光欲凝照地若無迹娟娟破初暝

明燈遲我友攬裘坐閒徑人生何汲汲即事偶成興
南飛有烏鵲遶樹棲不定持杯欲問之東風吹酒醒

三十七

魏闕有浮雲蔭茲白日暮返景下銅臺歌聲發紈素
流輝如有情千載照長路漳河不西還百川盡東赴
時哉不可失讜言思所悟雨後望西陵蔓草縈古墓
安得爲飄風永吹連理樹

三十八

彩虹亘東方照耀不知晚川長組練明關塞若在眼

我友肯從征三歲胡不返邊馬鳴蕭蕭落日照沙苑
封侯固有時寄語加餐飯

三十九

吾憐趙松雪身是帝王裔神采照殿庭至尊歎昳麗
少年疎遠臣侃侃持正議才高與轉逸斂妙擅一切
旁通佛老言窮探音律細鑒古定誰作眞僞不容諦
亦有同心人閨中金蘭契書画掩文章文章掩經濟
得此良已足風流渺難繼

四十

朔風吹古榔時序忽代續庭草萎已盡顧視白日速
吾本落拓人無爲自拘束倜儻寄天地樊籠非所欲
嗟哉華亭鶴榮名反以辱有客歎二毛操觚序金谷
酒空人盡去聚散何局促攬衣起長歌明月皎如玉

聖駕臨江恭賦

黃幄臨大江山川借顏色鯨鯢久已盡不待天弧射
按圖識要汛懷古討遺跡帆檣擒虎渡營壘佛貍壁
時淸非恃險何事限南北却上妙高臺悠悠天水碧

虎阜

孤聳一片石却疑誰家園烟林晩逾寄草花冬尚繁
人因警蹕靜地從歌吹喧一泓劍池水可以清心魂
金虎旣銷滅玉燕亦飛翻美人與死士中夜相爲言

江行

木落江已空清輝澹鷗鷺不見繫纜石寒潮沒瓜步
帆移青楓林人歸白沙渡似有山猿啼窈然瀟湘暮

平原過漢樊侯墓

雲龍會影響駕馭從豁達樊侯鼓刀人時來遂揮喝
一望重瞳嘗再排隆準闥良平信美好對此氣應奪

斯人在層泉猶勝儒夫活

桑榆墅同梁汾夜望

朝市競初日幽棲閲夕陽登樓一縱目遠近青茫茫衆鳥歸已盡烟中下牛羊不知何年寺鐘梵相低昂無月見村火有時聞天香一花露中墜始覺單衣裳置酒當前簷酒若清露凉百憂茲暫豁與子各盡觴絲竹在東山懷哉詎能忘

爲王阮亭題戴務旃畫

心與西山清坐對西山雪山窔多幽響芳草久云歇

白雲如滄洲縹緲不可越丹青意何長宛此山徑折
臥遊失所見空林一片月

暮春别嚴四蓀友

高雲媚春日坐覺魚鳥親可憐暮春候病中别故人
鶯啼花亂落風吹成錦茵君去一何速到家垂柳新
芙蓉湖上月照君垂長綸

送施尊師歸穹窿

突兀穹窿山丸丸多松栢造化鍾靈秀眞人爰此宅
眞人號鐵竹鶴髮長生客天風吹羽輪長安駐雲舄

偶然懷故山獨鶴去無跡地偏宜古服世遠忘朝夕
空壇松子落小洞野花積蒼崖採紫芝丹竈煮白石
簷前一片雲卷舒何自適他日再相見我鬢應垂白
願此受丹經冥心鍊金液

寄朱錫鬯

萍梗忽南北相聚復相離去年一相見正値落花時
秋風苦催歸轉眼歲已期漸漸秋葉落綿綿秋夜遲
開戶見殘月道遠有所思丈夫故慷慨此別何凄其
明發攬塵鏡新寒生鬢絲

早春雪後同姜西溟作

西山雪易積北風吹更多欲尋高士去層冰鬱嵯峨
琉璃一萬片映徹桑乾河耳目故以清苦寒其如何
朝鴉背城來晴旭滿岩阿春泥凍尚合九衢交鳴珂
忽覩新歲華履端布陽和不知題柱客誰和郢中歌

送梁汾

西窗涼雨過一燈乍明滅沉憂從中來綿綿不可絕
如何此際心更當與君別南北三千里同心不得說
秋風吹蓼花清淚忽成血

題李空同詩卷和王黃湄韻

李侯卓犖人骨體本不媚貂璫餤屢觸全生偶然遂昌言曷友朋贈答不無謂想其詩成時艮亦自矜貴果得身後名譏讒復何畏

唆龍與經岩叔夜話

絕域當長宵欲言氷在齒生不赴邊庭苦寒寧識此草白霜氣空沙黃月色死哀鴻失其羣凍翮飛不起誰持花間集一燈璮帳裏

宿龍泉山寺

招提偶然到再宿離喧雜列岫霽始開雙扉晚初闔
禪心投鉢龍梵響下簷鴿既開陵闕望亦謝主賓答
遙夜一燈深石爐燒艾蒳

輓劉富川

人生非金石胡爲年歲憂有如我早死誰復爲沉浮
我生二十年四海息戈矛逆萌忽萌生斬木起炎州
窮荒苦焚掠野哭聲啾啾墟落斷炊烟津梁絕行舟
片紙入西粵連營倏相投長吏或奔竄城郭等廢丘
背恩寧有義降賊竟無羞予聞空太息嗟彼巾幗儔

黯澹金臺望蒼茫桂林愁卓哉劉先生浩氣凌斗牛
投軀赴清川噴薄萬古流誰過汨羅水作賦從君遊
白雲如君心蒼梧遠悠悠

野鶴吟贈友

鶴生本自野終歲不見人朝飲碧溪水暮宿滄江濱
忽然被繒繳矯首盼青雲僕亦本狂士富貴鴻毛輕
沖舉道無由幡然逐華纓動止類循墻戢身避高名
憐君是知己習俗苦不更安得從君去心同流水清

七言古詩

塡詞

詩亾詞乃盛比興此焉託往往歡娛工不如憂患作冬郎一生極憔悴判與三閭共醒醉美人香草可憐春鳳蠟紅巾無限淚亾鞵心事杜陵知祇今惟賞杜陵詩古人且失風人旨何怪俗眼輕塡詞詞源遠過詩律近擬古樂府特加潤不見句讀參差三百篇已自換頭兼轉韻

送馬雲翎歸江南

側身宇宙間長嘯久獨立之子我友人南歸事蓑笠

交情如谷風澹澹復習習吹君度江去片帆春雨濕
棄捐世所悲予獨爲君喜君歸葺屋南山裏燕麥青
青纔覆雉新鶯啼過眠未起笑看我輩紅塵死

題趙松雪畫鵲華秋色卷

歷下亭邊兩拳石不似江南好山色乍看落日照來
黃渾疑劫火燒將黑更無楓桕點清秋惟見蕭蕭白
楊白君爲此山令山好空翠俄從楮間滴知君著意
在明湖掩映山光若有無曲折似還通濼口蒼茫定
不屬城闉鯉魚風高網罟集彷彿漁唱來菰蒲一竿

我欲隨風去不信扁舟是畫圖

新晴

新晴暖風吹柔蔓綠烟如翦稻苗齊夕陽一片照長隄隔林殘雨猶淒淒柳外如聞驄馬嘶柳絲帶雨拂深閨誰家少婦最高梯凝情空怨錦江西

又贈馬雲翎

岧嶤最高山山氣蒸爲雲物本相感生相感乃相親吁嗟人生不可擬君南我北三千里一朝傾蓋便相歡兩人心事如江水君身似是秋風客身輕欲奮淩

肯爾語君無限傷心事終古長江江月白世事紛紛等飛絮我今潦倒隨所寓惟願飲酒讀君詩花前醉臥夢君去

長安行贈葉訒菴庶子

長安舊是帝王宅萬戶千門麗金碧歌鐘甲第盡王侯繡幰雕鞍照長陌紛紛入眼競繁華春日春光好誰惜春風初吹上林草一夜雪深山盡老雪花飛來大如席化作新泥徧周道角聲嗚嗚破早烟驚鴉飛去未明天青樓綺閣不卷簾玉河凍合層冰堅只疑

此際行人絶寧知槐柳森成列經過借問此爲誰云是東南貴遊客嗟哉人生何不齊清者如雲濁者泥忽憶崑山葉夫子磊磊落落隨所棲羨君著書窮歲月羨君意氣凌雲霓世無伯樂誰相識驊騮日暮空長嘶我亦憂時人志欲吞鯨鯢請君勿復言此道棄如遺聞道西山有瑤草何不同君一采之

送蓀友

人生何如不相識君老江南我燕北何如相逢不相合更無別恨橫胸臆留君不住我心苦橫門驪歌淚

如雨君行四月草萋萋柳花桃花半委泥江流浩淼江月墮此時君亦應思我我今落拓何所止一事無成已如此平生縱有英雄血無由一濺荆江水荆江日落障雲低橫戈躍馬今何時忽憶去年風雨夜與君展卷論王霸君今偃仰九龍間吾欲從茲事耕稼芙蓉湖上芙蓉花秋風未落如朝霞君如載酒須盡醉醉來不復思天涯

柳條邊 邊牆也以柳爲之在塞外

是處垣籬防絕塞角端西來畫疆界漢使今行虎落

中泰城合築龍荒外龍荒虎落兩依然護得當時飲

馬泉若使春風知別苦不應吹到柳條邊

飲水詩集卷下

長白性德著原名成德　　錫山顧貞觀閱定

五言律詩

扈從　聖駕祀東岳禮成恭紀

岱宗柴望處仙蹕迴雲霄大禮猶三代諸侯第一朝東封金牒字南指玉衡杓闕里應相近回鑾亦不遙時傳　上南巡回日祀曲阜聖廟

塞外示同行者

西風千萬騎颯沓向陰山爲問傳書雁孤飛幾日還

負霜憐戍卒，乘月望鄉關。王事兼程促，休嗟客鬢斑。

金陵

勝絶江南望，依然圖畫中。六朝幾興廢，滅没但歸鴻。
王氣倏云盡，霸圖誰復雄。尚疑鍾隱在，回首月明空。

寄梁汾并葺茅屋以招之

三年此離别，作客滯何方。隨意一尊酒，殷勤看夕陽。
世誰容皎潔，天特任疎狂。聚首羨麋鹿，爲君構草堂。

題蘇文忠黄州寒食詩卷

古今誠落落，何意得斯人。紫禁稱才子，黄州見逐臣。

風流如可接翰墨不無神展卷逢寒食標題想後塵

郊園即事

勝侶招頻嬾幽尋度石梁地應隣射圃花不礙毬場解帶晴絲弱披襟露葉凉此間蕭散絶隨意倒壺觴

沈進士爾燦歸吳興詩以送之

成名方得意幾日問歸舟獨有離居者蕭然感素秋一笻黄葉寺孤棹白蘋洲無限江湖興因君寄虎頭時梁汾客苕上

歲晚感舊

時序忽云暮離居倍悄然誰將仙掌露換却日高眠
短夢分今古長愁減歲年平生無限淚一灑燭花前

送張見陽令江華

楚國連烽火深知作吏難吾憐張仲蔚臨別勸加餐
避俗詩能寄趨時術恐殫好名無不可聊復砥狂瀾

戒壇同見陽作

欹斜一逕入門向夕陽邊何必堪娛賞凋零自可憐
松寒疑有雪僧老不知年只合千峰上長吟看月圓

詠籠鶯

何處金衣客棲棲翠幙中有心驚曉夢無計識春風
漫逐梁間燕誰巢井上桐空將雲路翼緘恨在雕籠

夜合花同梁藥亭顧梁汾吳天章姜西溟作

堦前雙夜合枝葉敷華榮疎密共晴雨卷舒因晦冥
影隨筠箔亂香雜水沉生對此能消忿旋移近小楹
時乙丑五
月下弦

五言排律

扈　駕馬蘭峪賜觀温泉恭紀十韻

御天來鳳輦浴日啓龍池野迥紆　皇覽春濃値

聖時落花縈綵仗初栁拂朱旗行漏三春擁停鑾萬
象隨瑞徵泉是醴喜溢沼生芝特許觀靈液相將陟
禁墀氣凝漿五色味結露三危仙蹕程遙度慈闈駕
近移倍隆長樂養兼採廣微詩扈從誠多幸重華賞
薦辭

七言律詩

擬冬日景忠山應制

岧嶤鐵鳳鎖琳宮親侍鑾輿度碧空　聖主登因崇
象教宸游直自接鴻濛遠山雪有一峯白别浦楓餘

幾片紅天意不教常肅殺佇看宇宙徧春風

湯泉應制

清時禮樂萃朝端次第郊原引玉鑾河岳千年歸帶礪寢園三月拜衣冠便從畿甸親民隱更啓神泉示從官非獨炎陵鍾坎德恩波深處不知寒

二

六龍初駐浴蘭天碧瓦朱旗共一川潤逼仙桃紅自舞醉酣人柳綠猶眠吹成暖律回燕谷散作薰風入舜絃最是垂衣深 聖德不須詞筆頌甘泉

三

魚鱗雁齒鏡中開濺沫爲霖遍九垓不用刼灰求彷彿便從天漢象昭回桑壇法駕乘春轉鶴禁仙鑣問寢來遙祝海隅同　帝澤年年長聽屬車雷

四

身向咸池傍末光三危露暖不成霜金鋪照日初涵影玉甃生烟別作香地接蓬萊通御氣波翻豆蔻散朝涼微臣幸屬賡歌日願借如川獻壽觴

秋日送徐健菴夫子歸江南四首

江楓千里送浮飈玉佩朝天此暫辭黃菊承杯頻自覆青林繫馬試教騎朝端事業留他日天下文章重往時閒道　至尊還側席栢梁高宴待題詩

二

玉殿西頭落暗飈廻波寧作望恩辭蛾眉自是從相妬駿骨由來豈任騎白首盡爲酬遇日青山眞奈送歸時嚴裝欲發頻相顧四始重拈教詠詩

三

不同紈扇怨凉飈咫尺重華好薦辭衡嶽鴈排廻日

字葛陂龍待化來騎斑斕正好稱觴暇絲竹誰從著
屐時弱植敢忘春雨潤一生長誦角弓詩

四

惆悵離筵拂面飇幾人鸞禁有宏辭魚因尺素慇勤
剖馬爲鄣泥鄭重騎定省暫應紓遠望行藏端不負
清時春風好待鳴騶入不用淒涼錄別詩

即日又賦

商飈獵獵帝城西極目平沙草色齊一夜霜清林葉
下五原秋迥塞鴻低相將綠酒浮萸菊莫向黃雲聽

鼓鼙此日登高兼送遠欲歸還聽玉驄嘶

再送施尊師歸穹窿

紫府追隨結願深日歸行色乍駸駸秋風落葉吹飛舄夜月横江照鼓琴歷刼飛沉寧有意孤雲去住亦何心貞元朝士誰相待桃觀重來試一尋

題竹爐新詠卷 并序

惠山聽松庵竹茶爐歲久損壞甲子秋梁汾倣舊製復爲之置積書巖中諸名士作詩以紀其事是冬余適得一卷題曰竹爐新詠則

明時王舍人孟端李相國西涯所爲竹爐詩
畫並在寔聽松故物也喜以歸梁汾即名其
巖居曰新詠堂因次原韻

爐成卷得事天然乞與幽居置坐邊掩映芙蓉亭下
月依稀斑竹嶺頭烟畫如董巨眞高士詩在成弘極
盛年相約過君同展看淡交終始似山泉

五言絕句

秋意

片雲銜日去疎雨欲來時忽見小庭中草花三兩枝

二

涼風昨夜至枕簟已瑟瑟小女笑吹燈床頭捉蟋蟀

三

雨聲池館秋漠漠橫塘水水鳥故窺人飛入荷花裏

題趙松雪水村圖

北苑古神品斯圖得其秀爲問鷗波亭烟水無恙否

題胡環射鴈圖

人馬一時靜衹聽哀鴈音塞垣無事日聊欲耗雄心

七言絕句

西苑雜詠和蓀友韻二十首

宫花半落雨初停早是新炎撤畫屏何必醴泉堪避暑藕絲風好水西亭

二

離宫近繞緑蘋洲氷簟銀床到處幽好是萬幾清暇日親持玉勒奉宸遊

三

太液東頭散直遲一雙水鳥掠楊枝從臣獻罷平滇賦坐聽中涓報午時

四

進來瓜果每承恩豹尾前頭拜至尊正是日斜花雨散傳呼聲在望春門

五

慢展輕羅一色裁璅牕深映拂雲槐重簾那得微風入葉荷聲急雨來

六

黃幄臨池白鳥飛金盤初進鱠魚肥太平時節多歡賞花萼諸王半醉歸

七

射生纔罷晚開筵十部笙簫動暝烟月上南湖波似
練幾星燈火是龍船

八

青絲蜀錦護銀塘誰許延秋報早凉縹緲蓬山應似
此不知何處白雲鄉

九

纔翻急雨暗金河曲罷催呈雜技多一自花竿身手
絕那將妙舞說陽阿

十

玉女窓扉靜不開藕花深處絶塵埃三更露坐清無暑共待蕉園彩鷁回

十一

香引輕颸散玉除下簾聲徹退朝初馬曹此日承恩數也逐清班許釣魚

十二

烟椰千行宿鳥多虹梁曲曲水螢過新京却愛中元節萬點荷燈散玉河

十三

夜深簾幙捲銀泥十二樓高望欲迷宮漏滴殘聞動
鎖一鈎斜月碧河西

十四

輕雲欲傍最高樓重露看垂白玉旒處處紅芳零落
盡衆香國裏不曾秋

十五

時攀御椰拂華簪水檻行開玉一函幾日烏龍江上
去回看北斗是天南

十六

玲瓏朱閣擬三山上駟門依御柳閒倦聽月中歌吹杳晨皂秣罷夜分還

十七

制勝由來仗德威夜郎何物敢輕違河清欲頌慚才盡空羨儒臣賜宴歸

十八

講帷遲日記花甎下直歸來一惆然有夢不離香案側侍臣那得日高眠

十九

不須惆悵憶江湖身入金門待漏圖中使擎來仙掌露蓴羹風味得如無

二十

花暎初陽覆綺寮玉珂雙引望中遙憑君莫作烟波夢曾是烟波夢早朝

敬題元公張大中丞遺照二首

豸冠丰采著垂魚共擬威稜肅蕩除今日拜瞻溫克甚懸知宿好但詩書

二

憶從駒齒獎空羣執戟誰知似子雲鐘鼎旂常公不朽好憑班范紀餘芬

上元即事

翠珉銀鞍南陌回鳳城簫鼓殷如雷分明太乙峰頭過一片金蓮火裏開

詠柳偕梁汾賦

烟水頻年瘦不支一生餘得許多絲靈和舊事今如夢却到人間縮別離

二

弱絮殘鶯一半休萬條千縷不勝愁祗應天上張星伴莫向青門繫紫騮

秣陵懷古

山色江聲共寂寥十三陵樹晚蕭蕭中原事業如江左芳草何須怨六朝

題虞美人蝴蝶畫扇

寫得春風分外嬌粉痕零落暈紅潮曲終夢醒渾無那同向斜陽恨寂寥

有感

帳中人去影澄澄重對年時芳苡燈惆悵月斜香騎散人間何處覓韓馮

從見陽乞秋葵種

盈庭脈脈夕陽斜濁酒盈樽對晚鴉添取一般秋意味墻陰不種斷腸花

四時無題詩十八首

一樹紅梅傍鏡臺含英次第曉風催深將錦幄重重護爲怕花殘却怕開

二

挑盡銀燈月滿階立春先繡踏青鞋夜深欲睡還無睡要聽檀郎讀紫釵

三

金鴨香輕護綺襦春衫一色颺蜻蜓偶因失睡嬌無力斜倚熏籠看畫屏

四

手撚紅絲凭繡床曲闌亭午柳花香十三時節春偏好不似而今惹恨長

五

青杏園林試越羅映妝殘月曉風和春山自愛天然妙虛費隋宫十斛螺

六

綠槐陰轉小闌干八尺龍鬚玉簟寒自把紅牕開一扇放他明月枕邊看

七

水榭同攜喚莫愁一天凉雨晚來收戲將蓮菂拋池裏種出花枝是並頭

八

小睡醒來近夕陽鉛華洗盡淡梳粧紗幮此日偏惆
悵剪取巫雲做晚凉

九

追凉池上晚偏宜菱角雞頭散綠漪偏是玉人憐雪
藕爲他心裏一絲絲

十

却對菱花淚暗流誰將風月印綢繆生來悔識相思
字判與齊紈共早秋

十一

解盡餘酲爇盡香雨聲蟲語兩淒涼如何剛報新秋節便覺清宵分外長

十二

璇璣好譜斷腸圖却爲思君碧作朱幾夜西風消瘦盡問儂還似舊時無

十三

寒香細細撲重簾日壓雕簷起未忺端的爲花憔悴損一枝還向膽瓶添

十四

凝陰容易近黃昏獸錦還餘昨夜温最是惱人風弄雪睡醒無事總關門

十五

玉指吳鹽待剖橙忽聽樓外馬蹄聲問郎今日天寒甚却是何人抵暮行

十六

是誰看月是誰愁夜冷無端上小樓已過日高還未起任他鸚鵡喚梳頭

十七

漫學吹笙苦未調嬌癡且自倚庭蕉博山香盡殘灰

冷零落霜華帶月飄

十八

慢爇甜香待煑茶桃符待換却已聞鴉宿粧總待侵晨

揁留取鬢心栢子花

記征人語十二首

列幙平沙夜寂寥楚雲燕月兩迢迢征人自是無歸

夢却枕兜鍪聽曉潮

二

横江烽火未曾收何處危檣繫客舟一片潮聲飛石
燕斜風細雨岳陽樓

三

樓船昨過洞庭湖蘆荻蕭蕭宿鴈呼一夜寒砧霜外
急書來知有寄衣無

四

旌旗歷歷射波明洲渚宵來畫角聲啼遍鷓鴣春草
綠一時南北望鄉情

五

青燐點點欲黃昏折鐵難消戰血痕犀甲玉桴今寂寞九歌原自近招魂

六

戰壘臨江少落花空城白日盡饑鴉最憐陌上青青草一種春風直到家

七

陣雲黯黯接江雲江上都無鴈鶩羣正是不堪回首夜誰吹玉笛弔湘君

八

邊月無端照別離故園何處寄相思西風不解征人苦一夕蕭蕭滿大旗

九

移軍日夜近南天薊北雲山益渺然不是啼烏銜紙過那知寒食又今年

十

鬢影蕭蕭夜枕戈隔江清淚斷猿多霜寒畫角吹無力歸夢秦川奈爾何

十一

一曲金笳客淚垂鐵衣間却臥斜暉衡陽十月南來鴈不待征人盡北歸

十二

纔歌征鼙夜泊舟荻花楓葉共颼颼醉中不解雙鞬臥夢過紅橋訪舊遊

十三

去年親串此從軍揮手城南日未曛我亦無端雙袖濕西風原上看離羣

上元月食

夾道香塵擁狹斜金波無影暗千家姮娥應是羞分鏡故倩輕雲掩素華

詠絮

落盡深紅綠葉稠旋看輕絮撲簾鈎憐他借得東風力飛去爲萍入御溝

偕粱汾過西郊別墅

遲日三眠伴夕陽一灣流水夢魂涼製成天海風濤曲彈向東風總斷腸

又

小艇壺觴晚更携醉眠斜照柳梢西詩成欲問尋巢燕何處雕梁有舊泥

爲友人賦六首

不將才思唱臨春愛着荷衣狎隱淪分付芙蓉湖上月好留清影待歸人

二

夢裏誰曾與畫眉別來幾度燕相窺小樓日暮愁無那折取藤花寄所思

三

往事驚心玉鏡臺分香庭院長莓苔百花深護桃源犬不許人歌赤鳳來

四

長安北望杳茫茫泣向薰籠憶舊香惆悵玉環空寄與紫微郎是薄情郎

五

珍重嬌鶯啄柳芽清狂曾賦壓墻花皚皚自許人如雪何必丁寧繫臂紗

六

朝衣欲脫換輕衫無恙西風舊布帆秋入玉潭新月冷休因索莫怨崔咸

書鮑讓侯詩後

多少才情豔綺霞羨君能賦上林花如余硯北渾無事閒傍紅牕枕木瓜

賦得栁毅傳書圖次陳其年韻

黃陵祠廟白蘋洲尺幅圖成萬古愁一自牧羊涇水上至今雲物不勝秋

二

花愁雨泣總無倫憔悴紅顏畫裏真試看劈天金鏁
去雷霆原惱薄情人

三

晶簾碧砌玉玲瓏酒滴珍珠日未中忽報美人天上
落寶箏筵裏盡春風

四

凝碧宮寒覆羽觴洞庭歌罷意茫茫玉顏寂寞今依
舊雨鬢風鬟枉斷腸

柳枝詞十六首

一枝春色又藏鴉白石清溪望不賒自是多情便多絮隨風直到謝娘家

二

春到江南春草生乍驚搖曳撲簾旌黃鸝無語昏鴉起深閉重門待月明

三

七香車過殿輕雷十里紅樓照水開遥指玉鞭鞭白馬柳陰陰下是郎來

四

水亭無事對斜陽宛地輕陰却過墻休折長條惹輕絮春風何處不迴腸

五

何處纖腰不可憐纏頭拋與沈郎錢女兒睡覺推牕看忽憶迎歡舊繫船

六

永豐坊裏謝啼鵑移植紅泥曲檻邊涼月一簾思往事是他曾與伴無眠

七

人去樓空屬阿誰月明惟見影垂垂尋常已是堪愁絶何况春來贈别離

八

何事憑闌怨月明乍晴樓閣倚孤清相思一夕溪流漲倒影絲絲拂水平

九

緣到長干第幾橋晚晴簾幙隔吹簫前身定自輕狂甚嫁得東風帶水飄

十

辛夷開罷絮紛紛青粉墻頭日未曛記得箇人春病起是他縈惹綠羅裙

十一

手綰長條倚水樓困人風日懶梳頭濛濛一抹催花雨半繫斑騅半繫舟

十二

軟風吹雪帶微香曾向珠樓掃鈿床塘上鴛鴦三十六祇今何處月茫茫

十三

風過遊絲卷落花又隨飛絮上簷牙東鄰爲約清明後陌上輕衫共採茶

十四

一水縈迴鴈齒橋紅泥亭搭綠絲絲潯陽縱有麻姑信春雨春風自寂寥

十五

細細萍吹水面風百花飛盡綠陰同別離管盡人如昨羅袖長垂玉筋紅

十六

休裁楊柳只裁桐待鳳藏鴉好盡空不見胥臺明月夜一池黃葉但西風

上元竹枝

天上朱輪繡幰車幾看春色到梅花而今却畏春寒甚獨掩重門自試茶

題見陽小照

雨雪山空獨悟遲羨君瀟灑出塵姿靈和別殿臨風晚最憶春前第一枝

別蓀友口占

離亭人去落花空潦倒憐君類轉蓬便是重來尋舊處蕭蕭日暮白楊風

又

半生餘恨楚山孤今夜送君君去吴君去明年今夜月清光猶照故人無

題照

畫出東風別一般綠窗人靜獨憑闌就中眞色圖難就最是春山兩筆難

塞垣却寄四首

絕塞山高次第登，陰崖時見隔年冰。誰憐妙寫簪花手，却向雕鞍試臂鷹。

二

千重烟水路茫茫，不許征人不望鄉。况是月明無睡夜，儘將前事細思量。

三

碎蟲零葉共秋聲，訴出龍沙萬里情。遙想碧窗紅燭畔，玉纖時爲數歸程。

四

枕函斜月不分明夢欲成時那得成一派西風連角起寒鷄已到第三聲

別意六首

晶簾低映美人蕉雨歇芳叢點未消應是玉鞭歸較晚故來花底坐無聊

二

濃香如霧恍難尋執燭櫻桃伴夜潑慚愧十郎歸未得空題紅淚寄焦琴

三

獨擁餘香冷不勝殘更數盡思騰騰今宵便有隨風夢知在紅樓第幾層

四

芭蕉影斷玉繩斜風送微凉透碧紗記得夜深人未寢枕邊狼藉一堆花

五

銀屏對影自生憐正是看花中酒天剪却合歡雙帶子一般牽恨又今年

六

茗盌香爐事事幽每當相對便無愁金籠自結雙棲願那得題紈怨早秋

暮春見紅梅作簡粱汾

杏花庭院月如弓又見江梅一瓣紅知是東皇深著意教他終始領春風　乙丑

初夏月偕仲弟作

雲母窗屏夜不扃露華和月滿中庭可憐春去無多日已怯微暄敞畫屏

龍泉寺書扇

雨歇香臺散晚霞玉輪輕碾一泓沙來春合向龍泉
寺方便風前檢較花

又

繡旛風定晝愔愔證取蓮花不染心佛法自來空色
相當年何事苦吞針

飲水詞集卷上

長白性德著原名成德　錫山顧貞觀閱定

夢江南

江南好建業舊長安紫蓋忽臨雙鵠渡翠華爭擁六龍看雄麗却高寒

又

江南好城闕尚嵯峨故物陵前惟石馬遺踪陌上有銅駝玉樹夜深歌

又

江南好懷古意誰傳燕子磯頭紅蓼月烏衣巷口綠楊烟風景憶當年

又

江南好虎阜晚秋天山水總歸詩格秀笙簫恰稱語音圓誰在木蘭船

又

江南好眞個到梁溪一幅雲林高士畫數行泉石故人題還似夢遊非

又

江南好水是二泉清味永出山那得濁名高有錫更
誰爭何必讓中泠

又

江南好佳麗數維揚自是瓊花偏得月那應金粉不
兼香誰與話清涼

又

江南好鐵甕古南徐立馬江山千里目射蛟風雨百
靈趨北顧更躊躇

又

江南好一片妙高雲硯北峰巒米外史屏間樓閣李將軍金碧矗斜曛

又

江南好何處異京華香散翠簾多在水綠殘紅葉勝於花無事避風沙

又

昏鴉盡小立恨因誰急雪乍翻香閣絮輕風吹到膽瓶梅心字已成灰

又

新來好唱得虎頭詞一片冷香惟有夢十分清瘦更
無詩標格早梅知 中二語梁汾彈指詞咏梅句也

江城子 詠史

濕雲全壓數峰低影凄迷望中疑非霧非烟神女欲
來時若問生涯原是夢除夢裏沒人知

如夢令

正是轆轤金井滿砌落花紅冷驀地一相逢心事眼
波難定誰省誰省從此簟紋燈影

又

黃葉青苔歸路屧粉衣香何處消息竟沉沉今夜相思幾許秋雨秋雨一半因風吹去

又

纖月黃昏庭院語密翻教醉淺知否那人心舊恨新歡相半誰見誰見珊枕淚痕紅泫

采桑子

彤霞久絕飛瓊字人在誰邊人在誰邊今夜玉清眠不眠　香消被冷殘燈滅靜數秋天靜數秋天又誤心期到下弦

又

誰翻樂府淒涼曲風也蕭蕭雨也蕭蕭瘦盡燈花又一宵　不知何事縈懷抱醒也無聊醉也無聊夢也何曾到謝橋

又

嚴霜擁絮頻驚起撲面霜空斜漢朦朧冷逼氈帷火不紅　香篝翠被渾閒事回首西風何處疎鐘一穗燈花似夢中

又

那能寂寞芳菲節欲話生平夜已三更一闋悲歌淚
暗零　須知秋葉春花促點鬢星星遇酒須傾莫問
千秋萬歲名

又

冷香縈遍紅橋夢夢覺城笳月上桃花雨歇春寒燕
子家　箜篌別後誰能鼓腸斷天涯暗損韶華一縷
茶烟透碧紗

又　九日

深秋絕塞誰相憶木葉蕭蕭鄉路迢迢六曲屏山和

夢遥　佳時倍惜風光别不為登高衹覺魂銷南雁
歸時更寂寥

又　詠春雨

嫩烟分染鵞兒栁一様風絲似整如欹纔着春寒瘦
不支　凉侵曉夢輕蟬膩約畧紅肥不惜葳蕤碾取
名香作地衣

又　塞上咏雪花

非關癖愛輕模様冷處偏佳别有根芽不是人間富
貴花　謝娘别後誰能惜飄泊天涯寒月悲笳萬里

西風瀚海沙

又

桃花羞作無情死感激東風吹落嬌紅飛入閒窗伴懊儂　誰憐辛苦東陽瘦也爲春慵不及芙蓉一片幽情冷處濃

又

海天誰放冰輪滿惆悵離情莫說離情但值涼宵總淚零　祗應碧落重相見那是今生可奈今生剛作愁時又憶卿

又

明月多情應笑我笑我如今辜負春心獨自閒行獨自吟　近來怕說當時事結徧蘭襟月淺燈深夢裏雲歸何處尋

又

撥鐙書盡紅箋也依舊無聊玉漏迢迢夢裏寒花隔玉蕭　幾竿修竹三更雨葉葉蕭蕭分付秋潮莫誤雙魚到謝橋

又

凉生露氣湘絃潤暗滴花梢簾影誰搖燕蹴風絲上柳條　舞餘鏡匣開頻掩檀粉慵調朝淚如潮昨夜香衾覺夢遥

又

土花曾染湘娥黛鉛淚難消清韻誰蔵不是犀椎是鳳翹　祇應長伴端溪紫割取秋潮鸜鵒偷教方響前頭見玉簫

又

白衣裳凭朱闌立凉月趁西點髩霜微歲晏知君歸

不歸　殘更目斷傳書雁尺素還稀一味相思準擬
相看似舊時

又

謝家庭院殘更立燕宿雕梁月度銀墻不辨花叢那
辨香　此情已自成追憶零落鴛鴦雨歇微凉十一
年前夢一場

又

而今纔道當時錯心緒淒迷紅淚偷垂滿眼春風百
事非　情知此後來無計强說歡期一别如斯落盡

梨花月又西

臺城路 洗妝臺懷古

六宮佳麗誰曾見層臺尚臨芳渚露脚斜飛虹腰欲斷荷葉未收殘雨添妝何處試問取雕龍雪衣分付一鏡空濛鴛鴦拂破白蘋去　相傳內家結束有帕裝孤穩鞾縫女古冷艷全消蒼苔玉匣翻出十眉遺譜人間朝暮看臙粉亭西幾堆塵土只有花鈴綰風深夜語

又 上元

闌珊火樹魚龍舞望中寶釵樓遠靺鞨餘紅琉璃賸碧待囑花歸緩緩寒輕漏淺正乍歛烟霏隕星如箭舊事驚心一雙蓮影藕絲斷　莫恨流年逝水恨銷殘蝶粉韶光忒賤細語吹香暗塵籠鬢都逐曉風零亂闌干敲遍問簾底纖纖甚時重見不解相思月華今夜滿

又　塞外七夕

白狼河北秋偏早星橋又迎河鼓清漏頻移微雲欲濕正是金風玉露兩眉愁聚待歸踏榆花那時纔訴

只恐重逢明明相覷更無語　人間別離無數向瓜果筵前碧天凝竚連理千花相思一葉畢竟隨風何處羈棲良苦算未抵空房冷香啼曙今夜天孫笑人愁似許

玉連環影

何處幾葉蕭蕭雨濕盡簷花花底人無語掩屏山玉爐寒誰見兩眉愁聚倚闌干

洛陽春　雪

密灑征鞍無數冥迷遠樹亂山重疊杳難分似五里

濛濛霧　惆悵瑣窗深處濕花輕絮當時悠颺得人憐也都是濃香助

謁金門

風絲裊水浸碧天清曉一鏡濕雲青未了雨晴春草草　夢裏輕螺誰掃簾外落花紅小獨睡起來情悄悄寄愁何處好

四和香

麥浪翻晴風颭柳巳過傷春候因甚爲他成僝僽畢竟是春逸逗　紅藥闌邊携素手暖語濃於酒聆到

花鋪似繡却更比春前瘦

海棠月　瓶梅

重簷淡月渾如水浸寒香一片小牕裏雙魚凍合似曾伴個人無寐橫眸處索笑而今已矣　與誰更擁燈前髻乍橫斜疎影疑飛墜銅瓶小注休教近麝爐烟氣酬伊也幾點夜深清淚

金菊對芙蓉　上元

金鴨香消銀虬瀉水誰家夜笛飛聲正上林雪霽鴛甃晶瑩魚龍舞罷香車杳賸尊前袖掩吳綾狂遊似

夢而今空記寄約燒燈　追念往事難憑嘆火樹星
橋回首飄零但九逵烟月依舊籠明楚天一帶驚烽
火問今宵可照江城小牕殘酒闌珊燈炧別自關情

點絳唇

一種蛾眉下弦不似初弦好庾郎未老何事傷心早
素壁斜輝竹影橫牕掃空房悄烏啼欲曉又下西
樓了

又題見陽畫蘭

別樣幽芬更無濃艷催開處凌波欲去且爲東風住

忒煞蕭疎爭奈秋如許還留取冷香半縷第一湘
江雨

又　寄南海梁藥亭

一帽征塵留君不住從君去片帆何處南浦沉香雨
回首風流紫竹村邊住孤鴻語三生定許可是梁
鴻侶

又　黃花城早望

五夜光寒照來積雪平於棧西風何限自起披衣看
對此茫茫不覺成長歎何時旦曉星欲散飛起平

沙雁

又

小院新涼晚來頓覺羅衫薄不成孤酌形影空酬酢
蕭寺憐君別緒應蕭索西風惡夕陽吹角一陣槐
花落

浣溪沙

消息誰傳到拒霜兩行斜鴈碧天長晚秋風景倍淒
涼　銀蒜押簾人寂寂玉釵敲竹信滋滋黃花開也
近重陽

又

雨歇梧桐淚乍收遣懷翻自憶從頭摘花銷恨舊風流　簾影碧桃人已去屧痕蒼蘚徑空留兩眉何處月如鉤

又

欲問紅梅瘦幾分衹看愁損翠羅裙麝篝衾冷惜餘熏　可耐暮寒長倚竹便教春好不開門枇杷花底較書人

又

淚浥紅牋第幾行喚人嬌鳥怕開窻那能閒過好時光　屏障厭看金碧畫羅衣不奈水沉香遍翻眉譜只尋常

又

殘雪凝輝冷畫屏落梅橫笛已三更更無人處月朧明　我是人間惆悵客知君何事淚縱橫斷腸聲裏憶平生

又

睡起惺忪强自支綠傾蟬鬢下簾時夜來愁損小腰

肢　遠信不歸空竚望幽期細數却參差更兼何事
耐尋思

又

十里湖光載酒遊青簾低映白蘋洲西風聽徹採菱
謳　沙岸有時雙槳擁畫船何處一竿收歸來無語
晚妝樓

又

脂粉塘空遍綠苔掠泥營壘燕相催妬他飛去却飛
回　一騎近從梅里過片帆遙自鵝溪來博山香爐

未全灰

又

五月江南麥已稀黃梅時節雨霏微閒看燕子教雛飛一水濃陰如罨畫數峰無恙又晴暉濺裙誰獨上漁磯

又

誰道飄零不可憐舊遊時節好花天斷腸人去自今年一片暈紅纔着雨幾絲柔綠乍和烟倩魂銷盡夕陽前

又　詠五更和湘眞韻

微暈嬌花濕欲流簟紋燈影一生愁夢回疑在遠山樓　殘月暗窺金屈戍軟風徐蕩玉簾鉤待聽鄰女喚梳頭

又

伏雨朝寒愁不勝那能還傍杏花行去年高摘鬪輕盈　漫惹鑪烟雙袖紫空將酒暈一衫青人間何處問多情

又

五字詩中目乍成儘教殘福折書生手挼裙帶那時情　别後心期和夢杳年來憔悴與愁并夕陽依舊小窻明

又

欲寄愁心朔雁邊西風濁酒慘離顏黃花時節碧雲天　古戍烽烟迷斥堠夕陽村落解鞍韉不知征戰幾人還

又

記綰長條欲别難盈盈自此隔銀灣便無風雪也摧

殘　青雀幾時裁錦字玉蟲連夜剪春旛不禁辛苦
況相關

又

誰念西風獨自涼蕭蕭黃葉閉疎窗沉思往事立殘
陽　被酒莫驚春睡重賭書消得潑茶香當時祇道
是尋常

又

十八年來墮世間吹花嚼蕋弄冰絃多情情寄阿誰
邊　紫玉釵斜燈影背紅綿粉冷枕函偏相看好處

却無言

又

蓮漏三聲燭半條杏花微雨濕紅綃那將紅豆記無聊春色已看濃似酒歸期安得信如潮離魂入夜倩誰招

又

身向雲山那畔行北風吹斷馬嘶聲深秋遠塞若爲情一抹晚烟荒戍壘半竿斜日舊關城古今幽恨幾時平

又　大覺寺

燕壘空梁畫壁寒諸天花雨散幽關篆香淸梵有無間　蛺蝶乍從簾影度櫻桃半是鳥啣殘此時相對一忘言

又　古北口

楊柳千條送馬蹄北來征鴈舊南飛客中誰與換春衣　終古閒情歸落照一春幽夢逐遊絲信囘剛道別多時

又

鳳髻拋殘秋草生高梧濕月冷無聲當時七夕記深盟　信得羽衣傳鈿合悔教羅韈葬傾城人間空唱雨淋鈴

又

敗葉塡溪水已冰夕陽猶照短長亭何年廢寺失題名　倚馬客臨碑上字鬭鷄人撥佛前燈淨消塵土禮金經

又　庚申除夜

收取閒心冷處濃舞裙猶憶柘枝紅誰家刻燭待春

風　竹葉樽空翻綵燕九枝燈灺顫金蟲風流端合
倚天公

又

萬里陰山萬里沙、誰將綠鬢鬬霜華年來强半在天
涯　魂夢不離金屈戍畫圖親展玉鴉叉生憐瘦減
一分花

又

腸斷班騅去未還繡屏深鎖鳳簫寒一春幽夢有無
間　逗雨疎花濃淡改關心芳字淺深難不成風月

轉摧殘

又

容易濃香近畫屏繁枝影著半窗橫風波狹路倍憐卿未接語言猶悵望纔通商畧已瞢騰只嫌今夜月偏明

又

抛却無端恨轉長慈雲稽首返生香妙蓮花說試推詳但是有情皆滿願更從何處著思量篆烟殘燭並回腸

又 小兀喇

樺屋魚衣椰作城蛟龍鱗動浪花腥飛揚應逐海東青 猶記當年軍壘跡不知何處梵鐘聲莫將興廢話分明

又 姜女祠

海色殘陽影斷霓寒濤日夜女郎祠翠鈿塵網上蛛絲 澄海樓高空極目望夫石在且留題六王如夢祖龍非

又

旋拂輕容寫洛神須知淺笑是深顰十分天與可憐春　掩抑薄寒施軟障抱持纖影籍芳茵未能無意下香塵

又

十二紅簾窣地深纔移剗襪又沉吟晚晴天氣惜輕陰　珠衱佩囊三合字寶釵攏髻兩分心定緣何事濕蘭襟

又　紅橋懷古和王阮亭韻

無恙年年汴水流一聲水調短亭秋舊時明月照揚

州　曾是長隄牽錦纜綠楊淸瘦至今愁玉鈎斜路近迷樓

風流子　秋郊即事

平原草枯矣重陽後黃葉樹騷騷記玉勒靑絲落花時節曾逢拾翠忽聽吹簫今來是燒痕殘碧盡霜影亂紅凋秋水映空寒烟如織皂雕飛處天慘雲高人生須行樂君知否容易兩鬢蕭蕭自與東君作別剗地無聊算功名何許此身博得短衣射虎沽酒西郊便向夕陽影裏倚馬揮毫

畫堂春

一生一代一雙人爭教兩處銷魂相思相望不相親天爲誰春　槳向藍橋易乞藥成碧海難奔若容相訪飲牛津相對忘貧

蝶戀花

辛苦最憐天上月一昔如環昔昔都成玦若似月輪終皎潔不辭冰雪爲卿熱　無那塵緣容易絕燕子依然軟踏簾鉤說唱罷秋墳愁未歇春叢認取雙棲蝶

又

眼底風光留不住和暖和香又上雕鞍去欲倩烟絲遮別路垂楊那是相思樹　惆悵玉顏成間阻何事東風不作繁華主斷帶依然留乞句班騅一繫無尋處

又　送見陽南行

城上清笳城下杵秋盡離人此際心偏苦刀尺又催天又暮一聲吹冷蒹葭浦　把酒留君君不住莫被寒雲遮斷君行處行宿黃茅山店路夕陽村社迎神

鼓

又

準擬春來消寂寞愁雨愁風翻把春擔閣不爲傷春
情緒惡爲憐鏡裏顏非昨　畢竟春光誰領略九陌
緇塵抵死遮雲壑若得尋春終遂約不成長負東君
諾

又

又到綠楊曾折處不語垂鞭踏遍清秋路衰草連天
無意緒鴈聲遠向蕭關去　不恨天涯行役苦只恨

西風吹夢成今古明日客程還幾許霑衣況是新寒
雨

又

蕭瑟蘭成看老去爲怕多情不作憐花句閣淚倚花
愁不語暗香飄盡知何處　重到舊時明月路袖口
香寒心比秋蓮苦休說生生花裏住惜花人去花無
主

又

露下庭柯蟬響歇紗碧如烟烟裏玲瓏月並著香肩

無可說櫻桃暗解丁香結　笑捲輕衫魚子纈試撲流螢驚起雙棲蝶瘦斷玉腰沾粉葉人生那不相思絕

又　出塞

今古河山無定據畫角聲中牧馬頻來去滿目荒涼誰可語西風吹老丹楓樹　從前幽怨應無數鐵馬金戈青塚黃昏路一往情深深幾許深山夕照深秋雨

又

盡日驚風吹木葉極目嵯峨一丈天山雪去去丁零
愁不絕那堪客裏還傷別　若道客愁容易輟除是
朱顏不共春銷歇一紙鄉書和淚摺紅閨此夜團圞
月

河傳

春淺紅怨掩雙環微雨花間晝閒無言暗將紅淚彈
闌珊香銷輕夢還　斜倚畫屏思往事皆不是空作
相思字記當時垂柳絲花枝滿庭胡蝶兒

河瀆神

涼月轉雕闌蕭蕭木葉聲乾銀燈飄落瑣窗閒枕屏
幾疊秋山　朔風吹透青縑被藥爐火煖初沸清漏
沉沉無寐爲伊判得憔悴

又

風緊鴈行高無邊落木蕭蕭楚天魂夢與香消青山
暮暮朝朝　斷續涼雲來一縷飄墮幾絲靈雨今夜
冷紅浦淑鴛鴦棲向何處

落花時

夕陽誰喚下樓梯一握香荑囘頭忍笑堦前立總無

語也依依　箋書直恁無憑據休說相思勸伊好向

紅牕醉須莫及落花時

飲水詞集卷中

長白性德著（原名成德）　錫山顧貞觀閱定

金縷曲 贈梁汾

德也狂生耳偶然間緇塵京國烏衣門第有酒惟澆趙州土誰會成生此意不信道遂成知己青眼高歌俱未老向樽前拭盡英雄淚君不見月如水　共君此夜須沉醉且由他蛾眉謠諑古今同忌身世悠悠何足問冷笑置之而已尋思起從頭翻悔一日心期千刧在後身緣恐結他生裏然諾重君須記

又　姜西溟言別賦此贈之

誰復留君住歎人生幾番離合便成遲暮最憶西窻同剪燭却話家山夜雨不道只暫時相聚衮衮長江蕭蕭木送遥天白鴈哀鳴去黃葉下秋如許　曰歸因甚添愁緒料强似冷烟寒月棲遲梵宇一事傷心君落魄兩鬢飄蕭未遇有解憶長安兒女裘敝入門空太息信古來才命眞相負身世恨共誰語

又　簡梁汾

灑盡無端淚莫因他瓊樓寂寞誤來人世信道癡兒

多厚福誰遣偏生明慧莫更著浮名相累仕宦何妨如斷梗只那將聲影供羣吠天欲問且休矣　情深我自判憔悴轉丁寧香憐易爇玉憐輕碎羡殺軟紅塵裏客一味醉生夢死歌與哭任猜何意絕塞生還吳季子算眼前此外皆閒事知我者梁汾耳

又　寄梁汾

木落吳江矣正蕭條西風南鴈碧雲千里落魄江湖還載酒一種悲涼滋味重回首莫彈酸淚不是天公教棄置是南華悞却方城尉飄泊處誰相慰　別來

我亦傷孤寄更那堪氷霜摧折壯懷都廢天遠難窮
勞望眼欲上高樓還已君莫恨埋愁無地秋雨秋花
關塞冷且殷勤好作加餐計人豈得長無謂

又

再贈梁汾用秋水軒舊韻

酒涴青衫卷儘從前風流京兆閒情未遣江左知名
今廿載枯樹淚痕休泫搖落盡玉蛾金繭多少殷勤
紅葉句御溝深不似天河淺空省識畫圖展　高才
自古難通顯枉教他堵墻落筆凌雲書徧入洛游梁
重到處駭看村莊吠犬獨憔悴斯人不免袞袞門前

題鳳客竟居然潤色朝家典憑觸忌舌難剪

又

生怕芳樽滿到更深迷離醉影殘燈相伴依舊回廊新月在不定竹聲撩亂問愁與春宵長短人比疎花還寂寞任紅蕤落盡應難管向夢裏聞低喚　此情擬倩東風浣奈吹來餘香病酒旋添一半惜別江郎渾易瘦更著輕寒輕暖憶絮語縱橫茗椀滴滴西窻紅蠟淚那時腸早爲而今斷任枕角欹孤館

又　慰西溟

何事添悽咽但由他天公簸弄莫教磨涅失意每多如意少終古幾人稱屈須知道禍因才折獨臥藜牀看北斗背高城玉笛吹成血聽譙鼓二更徹　丈夫未肯因人熱且乘閒五湖料理扁舟一葉淚似秋霖揮不盡灑向野田黃蝶須不羨承明班列馬跡車塵忙未了任西風吹冷長安月又蕭寺花如雪

又　亡婦忌日有感

此恨何時已滴空堦寒更雨歇葬花天氣三載悠悠魂夢杳是夢久應醒矣料也覺人間無味不及夜臺

塵土隔冷清清一片埋愁地釵鈿約竟拋棄　重泉若有雙魚寄好知他年來苦樂與誰相倚我自終宵成轉側忍聽湘絃重理待結個他生知已還怕兩人俱薄命再緣慳剩月零風裏清淚盡紙灰起

瑞鶴仙　丙辰生日自壽起用彈語句并呈見陽

馬齒加長矣枉碌碌乾坤問女何事浮名總如水拚樽前杯酒一生長醉殘陽影裏問歸鴻歸來也未且隨緣去住無心冷眼華亭鶴唳　無寐宿醒猶在小玉來言日高花睡明月欄干曾說與應須記是娥眉

便自供人嫉妒風雨飄殘花蘂嘆光陰老我無能長
歌而已

踏莎美人 清明

拾翠歸遲踏青期近香箋小疊鄰姬訊櫻桃花謝已
清明何事綠鬟斜嚲寶釵橫　淺黛雙彎柔腸幾寸
不堪更惹其他恨曉牕窺夢有流鶯也覺個儂憔悴
可憐生

紅窗月

燕歸花謝早因循又過清明是一般風景兩樣心情

猶記碧桃影裏誓三生　烏絲闌紙嬌紅篆歷歷春星道休孤密約鑒取深盟語罷一絲香露濕銀屏

南歌子

翠袖凝寒薄簾衣入夜空病容扶起月明中惹得一絲殘篆舊薰籠　暗覺歡期過遙知別恨同疎花已是不禁風那更夜深清露濕愁紅

又

暖護櫻桃蕋寒翻蛺蝶翎東風吹綠漸冥冥不信一生憔悴伴啼鶯　素影飄殘月香絲拂綺櫺百花迢

遞玉釵聲索向綠窗尋夢寄餘生

又　古戍

古戍飢烏集荒城野雉飛何年刼火剩殘灰試看英雄碧血滿龍堆　玉帳空分壘金笳已罷吹東風回首盡成非不道興亡命也豈人為

一絡索

過盡遥山如畫短衣匹馬蕭蕭落木不勝秋莫回首斜陽下　別是柔腸縈挂待歸纔罷却愁擁髻向燈前說不盡離人話

又

野火拂雲微綠西風夜哭蒼菰鴈翅列秋空憶寫向屏山曲　山海幾經翻覆女墻斜矗看來費盡祖龍心畢竟爲誰家築

赤棗子

鶯曉漏護春眠格外嬌慵祇自憐寄語釀花風日好綠窗來與上琹絃

眼兒媚

林下閨房世罕儔偕隱足風流今來忍見鶴孤華表

人羨羅浮　中年定不禁哀樂其奈憶曾遊浣花微雨採菱斜日欲去還留

又　詠紅姑娘

騷屑西風弄晚寒翠袖倚闌干霞綃裹處櫻唇微綻靺鞨紅殷　故宮事往憑誰問無恙是朱顏玉痺爭採玉釵爭插至正年間

又　中元夜有感

手寫香臺金字經惟願結來生蓮花漏轉楊枝露滴想鑒微誠　欲知奉倩神傷極憑訴與秋擊西風不

管一池萍水幾點荷燈

又 詠梅

莫把瓊花比澹妝誰似白霓裳别樣清幽自然標格莫近東墻　冰肌玉骨天分付兼付與淒涼可憐遥夜冷烟和月疎影横牕

又

獨倚春寒掩夕扉清露泣銖衣玉簫吹夢金釵劃影悔不同携　刻殘紅燭曾相待舊事總依稀料應遺恨月中教去花底催歸

又

重見星娥碧海查忍笑却盤鴉尋常多少月明風細今夜偏佳　休籠彩筆閒書字街鼓已三撾烟絲欲裊露光微泫春在桃花

荷葉杯

簾捲落花如雪烟月誰在小紅亭玉釵敲竹乍聞聲風影略分明　化作彩雲飛去何處不隔枕函邊一聲將息曉寒天腸斷又今年

又

知己一人誰是已矣贏得誤他生有情終古似無情別語悔分明　莫道芳時易度朝暮珍重好花天爲伊指點再來緣疏雨洗遺鈿

梅梢雪　元夜月蝕

星毬映徹一痕微褪梅梢雪紫姑待話經年別竊藥心灰慵把菱花揭　踏歌纔起清鉦歇扇紈仍似秋期潔天公畢竟風流絶教看蛾眉特放些時缺

木蘭花令　擬古决絶詞

人生若只如初見何事秋風悲畫扇等閒變却故人

心却道故心人易變　驪山雨罷淸宵半淚雨零鈴
終不怨何如薄倖錦衣郎比翼連枝當日願

長相思

山一程水一程身向榆關那畔行夜深千帳燈　風
一更雪一更聒碎鄉心夢不成故園無此聲

朝中措

蜀絃秦柱不關情盡日掩雲屏已惜輕翎退粉更嫌
弱絮爲萍　東風多事餘寒吹散烘煖微醒看盡一
簾紅雨爲誰親繫花鈴

尋芳草 蕭寺記夢

客夜怎生過夢相伴綺牕冷和薄嗔佯笑道若不是憑淒涼肯來麽 來去苦怱怱準擬待曉鐘敲破乍偎人一閃燈花墮却對着瑠琉火

遐方怨

欹角枕掩紅窓夢到江南伊家博山沉水香浣裙歸晚坐思量輕烟籠淺黛月茫茫

秋千索 淥水亭春望

壚邊喚酒雙鬟亞春已到賣花簾下一道香塵碎綠

蘋看白袷親調馬　烟絲宛宛愁縈挂賸幾筆晚晴
圖畫半枕芙蕖壓淚眠教費盡鶯兒話

又

藥闌携手銷魂侶爭不記看承人處除向東風訴此
情奈竟日春無語　悠揚撲盡風前絮又百五韶光
難住滿地梨花似去年却多了廉纖雨

又

遊絲斷續東風弱無語半垂簾幙茜袖誰招曲檻邊
弄一縷秋千索　惜花人共殘春薄春欲盡纖腰如

削新月纔堪照獨愁却又照梨花落

茶瓶兒

楊花糝徑櫻桃落綠陰下晴波燕掠好景成擔閣秋千背倚風態宛如昨　可惜春來總蕭索人瘦損紙鳶風惡多少芳箋約青鸞去也誰與勸孤酌

好事近

簾外五更風消受曉寒時節剛剩秋衾一半擁透簾殘月　爭教清淚不成冰好處便輕別擬把傷離情緒待曉寒重說

又

何路向家園歷歷殘山剩水都把一春冷淡到麥秋天氣　料應重發隔年花莫問花前事縱使東風依舊怕紅顏不似

又

馬首望青山零落繁華如此再向斷烟衰草認蘚碑題字　休尋折戟話當年只灑悲秋淚斜日十三陵下過新豐獵騎

太常引　自題小照

西風乍起峭寒生驚鴈避移營千里暮雲平休回首長亭短亭　無窮山色無邊往事一例冷清清試倩玉簫聲喚千古英雄夢醒

又

晚來風起撼花鈴人在碧山亭愁裹不堪聽那更雜泉聲雨聲　無憑踪跡無聊心緒誰說與多情夢也不分明又何必催教夢醒

轉應曲

明月明月曾照個人離別玉壺紅淚相猥還似當年

夜來來夜夜來夜肯把清輝重借

山花子

林下荒苔道韞家生憐玉骨委塵沙愁向風前無處說數歸鴉　半世浮萍隨逝水一宵冷雨葬名花魂似柳綿吹欲碎繞天涯

又

昨夜濃香分外宜天將妍煖護雙棲樺燭影微紅玉軟燕釵垂　幾爲愁多翻自笑那逢歡極却含啼央及蓮花清漏滴莫相催

又

風絮飄殘已化萍泥蓮剛倩藕絲縈珍重別拈香一瓣記前生　人到情多情轉薄而今眞個悔多情又到斷腸回首處淚偷零

又

欲話心情夢已闌鏡中依約見春山方悔從前眞草草等閒看　環佩祇應歸月下鈿釵何意寄人間多少滴殘紅蠟淚幾時乾

又

小立紅橋椰半垂越羅裙颭縷金衣採得石榴雙葉子欲遺誰　便是有情當落日秖應無伴送斜暉寄語東風休着力不禁吹

菩薩鬘　過張見陽山居賦贈

車塵馬跡紛如織羨君築處眞幽僻柿葉一林紅蕭蕭四面風　功名應看鏡明月秋河影安得此山間與君高臥閑

又

窓前桃蕋嬌如倦東風淚洗臙脂面人在小紅樓離

情唱石州　夜來雙燕宿燈背屏腰綠香盡雨闌珊薄衾寒不寒

又

朔風吹散三更雪倩魂猶戀桃花月夢好莫催醒由他好處行　無端聽畫角枕畔紅冰薄塞馬一聲嘶殘星拂大旗

又

問君何事輕離別一年能幾團圓月楊柳乍如絲故園春盡時　春歸歸不得兩槳松花隔舊事逐寒潮

啼鵑恨未消

又 爲陳其年題照

烏絲曲倩紅兒譜蕭然半壁驚秋雨曲罷髻鬟偏風姿眞可憐 鬚髯渾似戟時作簪花劇背立訝卿卿知卿無那情

又 宿灤河

玉繩斜轉疑淸曉淒淒月白漁陽道星影漾寒沙微茫織浪花 金笳鳴故壘喚起人難睡無數紫鴛鴦共嫌今夜涼

又

荒鷄再咽天難曉星榆落盡秋將老氈幕遶牛羊敲冰飲酪漿　山程兼水宿漏點淸鉦續正是夢回時擁衾無限思

又

新寒中酒敲窗雨殘香細裊秋情緒纔道莫傷神青衫濕一痕　無聊成獨臥彈指韶光過記得別伊時桃花柳萬絲

又

白日驚飆冬已半解鞍正值昏鴉亂氷合大河流范
范一片愁　燒痕空極望鼓角高城上明日近長安
客心愁未闌

又

蕭蕭幾葉風兼雨離人偏識長更苦欹枕數秋天蟾
蜍早下弦　夜寒驚被薄淚與燈花落無處不傷心
輕塵在玉琴

又　迴文

霧牕寒對遥天暮暮天遥對寒窓霧花落正啼鴉鴉

啼正落花　袖羅垂影瘦瘦影垂羅袖風風剪一絲紅

紅絲一剪風

又

催花未歇花奴鼓酒醒巳見殘紅舞不忍覆餘觴臨風淚數行　粉香看又別空賸當時月月也異當時凄清照鬢絲

又

惜春春去驚新燠粉融輕汗紅綿撲妝罷只思眠江南四月天　綠陰簾半揭此景清幽絕行度竹林風

單衫杏子紅

又

榛荆滿眼山城路征鴻不爲愁人住何處是長安濕
雲吹雨寒　絲絲心欲碎應是悲秋淚淚向客中多
歸時又奈何

又

春雲吹散湘簾雨絮粘蝴蝶飛還住人在玉樓中樓
高四面風　柳烟絲一把暝色籠鴛瓦休近小闌干
夕陽無限山

又

曉寒瘦著西南月丁丁漏箭餘香咽春已十分宜東風無是非　蜀魂羞顧影玉照斜紅冷誰唱後庭花新年憶舊家

又

爲春憔悴留春住那禁半霎催歸雨深巷賣櫻桃雨餘紅更嬌　黃昏清淚閣忍便花飄泊消得一聲鶯東風三月情

又

隔花纔歇廉纖雨一聲彈指渾無語梁燕自雙歸長條脉脉垂　小屏山色遠妝薄鉛華淺獨自立瑤階透寒金縷鞵

又

黃雲紫塞三千里女墻西畔啼烏起落日萬山寒蕭蕭獵馬還　笳聲聽不得入夜空城黑秋夢不歸家殘燈落碎花

又

飄蓬只逐驚飆轉行人過盡烟光遠立馬認河流茂

陵風雨秋　寂寥行殿鎖梵唄琉璃火塞鴈與宮鴉山深日易斜

又

晶簾一片傷心白雲鬟香霧成遥隔無語問添衣桐陰月已西　西風嗚絡緯不許愁人睡只是去年秋如何淚欲流

又　寄梁汾苕中

知君此際情蕭索黄蘆苦竹孤舟泊烟白酒旗青水村魚市晴　柁樓今夕夢脉脉春寒送直過畫眉橋

錢塘江上潮

又 迴文

客中愁損催寒夕夕寒催損愁中客門掩月黄昏昏黄月掩門

翠衾孤擁醉醉擁孤衾翠醒莫更多情情多更莫醒

又 迴文

砑箋銀粉殘煤畫畫煤殘粉銀箋砑清夜一燈明明燈一夜清

片花驚宿燕燕宿驚花片親自夢歸人人歸夢自親

又

烏絲畫作迴紋紙香煤暗蝕藏頭字箏鴈十三雙輸他作一行　相看仍似客但道休相憶索性不還家落殘紅杏花

又

闌風伏雨催寒食櫻桃一夜花狼籍剛與病相宜鎖窓薰繡衣　畫眉煩女伴央及流鶯喚半餉試開奩嬌多直自嫌

醉桃源

斜風細雨正霏霏畫簾拖地垂屏山幾曲篆香微閉
庭柳絮飛　新綠密亂紅稀乳鶯殘月啼餘寒欲透
縷金衣落花郎未歸

昭君怨

深禁好春誰惜薄暮瑤階竚立別院管絃聲不分明
又是梨花欲謝繡被春寒今夜寂寂鎖朱門夢承
恩

飲水詞集卷下

長白性德著原名成德　錫山顧貞觀閱定

琵琶仙　中秋

碧海年年試問取氷輪爲誰圓缺吹到一片秋香清輝了如雪愁中看好天良夜知道盡成悲咽隻影而今那堪重對舊時明月　花徑裏戲捉迷藏曾惹下蕭蕭井梧葉記否輕紈小扇又幾番凉熱祇落得塡膺百感總茫茫不關離别一任紫玉無情夜寒吹裂

清平樂

淒淒切切慘淡黃花節夢裏砧聲渾未歇那更亂蛩
悲咽　塵生燕子空樓拋殘絃索床頭一樣曉風殘
月而今觸緒添愁

又上元月蝕

瑤華映闕烘散蓂墀雪比似尋常清景别第一團圓
時節　影娥忽泛初弦分輝借與宫蓮七寶修成合
璧重輪歲歲中天

又

烟輕雨小望裏青難了一縷斷虹垂樹杪又是亂山

殘照　憑高日斷征途暮雲千里平蕪日夜河流東
下錦書應託雙魚

又

孤花片葉斷送清秋節寂寂繡屏香篆滅暗裏朱顏
消歇　誰憐散髻吹笙天涯芳草關情懊惱隔簾幽
夢半床花月縱橫

又

麝烟深漾人擁緱笙氅新恨暗隨新月長不辨眉尖
心上　六花斜撲疎簾地衣紅錦輕霑記取煖香如

夢耐他一晌寒巖

又

將愁不去秋色行難住六曲屏山深院宇日日風風雨雨　雨晴籬菊初香人言此日重陽回首涼雲暮葉黃昏無限思量

又

青陵蝶夢倒挂憐么鳳退粉收香情一種棲傍玉釵偷共　愔愔鏡閣飛蛾誰傳錦字秋河蓮子依然隱霧菱花暗惜橫波

又

風鬟雨鬢偏是來無準倦倚玉蘭看月暈容易語低香近　輭風吹過窓紗心期便隔天涯從此傷春傷別黃昏只對梨花

又　彈琴峽題壁

泠泠徹夜誰是知音者如夢前朝何處也一曲邊愁難寫　極天關塞雲中人隨落鴈西風嗔取紅襟翠袖莫教淚灑英雄

又　憶梁汾

纔聽夜雨便覺秋如許遶砌蛩螿人不語有夢轉愁無據　亂山千疊橫江憶君游倦何方知否小牕紅燭照人此夜淒凉

又

塞鴻去矣錦字何時寄記得燈前伴忍淚却問明朝行未　别來幾度如珪飄零落葉成堆一種曉寒殘夢淒凉畢竟因誰

一叢花　詠並蒂蓮

闌珊玉珮罷霓裳相對綰紅妝藕絲風送凌波去又

低頭輭語商量一種情深十分心苦脉脉背斜陽色香空盡轉生香明月小銀塘桃根桃葉終相守伴殷勤雙宿鴛鴦菰米漂殘沈雲乍黑同夢寄瀟湘

菊花新　用韻送張見陽令江華

愁絶行人天易暮行向鷓鴣聲裏住渺渺洞庭波木葉下楚天何處　折殘楊柳應無數趂離亭笛聲吹度有幾箇征鴻相伴也送君南去

淡黃柳　詠柳

三眠未歇乍到秋時節一樹斜陽蟬更咽曾綰灞陵

離別絮已爲萍風捲葉空淒切　長條莫輕折蘇小恨倩他說儘飄零遊冶章臺客　紅板橋空濺裙人去依舊曉風殘月

滿宮花

盼天涯芳訊絕莫是故情全歇朦朧寒月影微黃情更薄於寒月　麝烟銷蘭燼滅多少怨眉愁睫芙蓉蓮子待分明莫向暗中磨折

洞仙歌　詠黃葵

鉛華不御看道家妝就問取旁人入時否爲孤情淡

韻判不宜春衿標格開向晚秋時候　無端輕薄雨
滴損檀心小疊宮羅鎮長皺何必訴凄淸爲愛秋光
被幾日西風吹瘦便零落蜂黃也休嫌且對倚斜陽
勝偎紅袖

唐多令　雨夜

絲雨織紅茵苔階壓繡紋是年年腸斷黃昏到眼芳
菲都惹恨那更說塞垣春　蕭颯不堪聞殘妝擁夜
分爲梨花深掩重門夢向金微山下去纔識路又移
軍

秋水　聽雨

誰道破愁須仗酒酒醒後心翻醉正香銷翠被隔簾驚聽那又是點點絲絲和淚憶剪燭幽窻小憩嬌夢垂成頻喚覺一睚秋水　依舊亂蛩聲裡短檠明滅怎教人睡想幾年蹤跡過頭風浪只消受一段橫波花底向擁髻燈前提起甚日還來同領略夜雨空堦滋味

虞美人

峰高獨石當頭起影落雙溪水馬嘶人語各西東行

到斷崖無路小橋通　朔鴻過盡歸期杳人向征鞍老又將絲淚濕斜陽回首十三陵樹暮雲黃

又

黃昏又聽城頭角病起心情惡藥爐初沸短檠青無那殘香半縷惱多情　多情自古原多病清鏡憐清影一聲彈指淚如絲央及東風休遣玉人知

又

憑君料理花閒課莫負當初我眼看雞犬上天梯黃九自招秦七共泥犁　瘦狂那似癡肥好判任癡肥

笑笑他多病與長貧不及諸公袞袞向風塵

又

綠陰簾外梧桐影玉虎牽金井怕聽啼鴂出簾遲恰到年年今日兩相思　淒凉滿地紅心草此恨誰知道待將幽憶寄新詞分付芭蕉風定月斜時

又

風滅爐烟殘灺冷相伴惟孤影判教涙籍醉清樽爲問世間醒眼是何人　難逢易散花間酒飲罷空搔首閒愁總付醉來眠只恐醒時依舊到樽前

又

春情只到梨花薄片片催零落夕陽何事近黄昏不道人間猶有未招魂　銀箋別夢當時句密綰同心苣爲伊判作夢中人長向畫圖清夜喚眞眞

又

曲闌深處重相見勻淚偎人顫淒凉別後兩應同最是不勝清怨月明中　半生已分孤眠過山枕檀痕涴憶來何事最銷魂第一折枝花樣畫羅裙

又

彩雲易向秋空散燕子憐長歎幾番離合總無因贏得一回儜㥏一回親　歸鴻舊約霜前至可寄香箋字不如前事不思量且枕紅蕤欹側看斜陽

又

銀床淅瀝青梧老屧粉秋蛩掃採香行處蹙連錢拾得翠翹何恨不能言　回廊一寸相思地落月成孤倚背燈和月就花陰已是十年踪跡十年心

瀟湘雨　送西溟歸慈谿

長安一夜雨便添了幾分秋色奈此際蕭條無端又

聽渭城風笛咫尺層城留不住久相憶到此偏相憶
依依白露丹楓漸行漸遠天涯南北　悽寂黔婁當
日事總名士如何消得只皂帽蹇驢西風殘照倦游
踪跡廿載江南猶落拓嘆一人知己終難覓君須愛
酒能詩鑑湖無恙一簑一笠

雨中花　送藝初歸崑山

天外孤帆雲外樹看又是春隨人去水驛燈昏關城
月落不算凄涼處　計程應惜天涯暮打疊起傷心
無數中坐波濤眼前冷暖多少人難語

臨江仙

絲雨如塵雲著水嫣香碎拾吳宮百花冷煖避東風酷憐嬌易散燕子學偎紅　人說病宜隨月減懨懨却與春同可能留蝶抱花叢不成雙夢影翻笑杏梁空

又

長記碧紗窗外語秋風吹送歸鴉片帆從此寄天涯一燈新睡覺思夢月初斜　便是欲歸歸未得不如燕子還家春雲春水帶輕霞畫船人似月細雨落楊

花

又　塞上得家報云秋海棠開矣賦此

六曲闌干三夜雨倩誰護取嬌慵可憐寂寞粉墻東已分裙衩緑猶裹淚綃紅　曾記鬢邊斜落下半床凉月惺忪舊歡如在夢魂中自然腸欲斷何必更秋風

又　謝餉櫻桃

緑葉成陰春盡也守宮偏護星星留將顔色慰多情分明千點淚貯作玉壺冰　獨臥文園方病渴强拈

紅豆酬卿感卿珍重報流鶯惜花須自愛休只爲花
疼

又　盧龍大樹

雨打風吹都似此將軍一去誰憐畫圖曾見綠陰圓
舊時遺鏃地今日種瓜田　繫馬南枝猶在否蕭蕭
欲下長川九秋黃葉五更烟祇應搖落盡不必問當
年

又　寒柳

飛絮飛花何處是層冰積雪摧殘疏疏一樹五更寒

愛他明月好憔悴也相關　最是繁絲搖落後轉教人憶春山湔裙夢斷續應難西風多少恨吹不散眉彎

又

夜來帶得些兒雪凍雲一樹垂垂東風回首不勝悲葉乾絲未盡未死只顰眉　可憶紅泥亭子外纖腰舞困因誰如今寂寞待人歸明年依舊綠知否繫斑騅

又　寄嚴蓀友

别後閒情何所寄初鶯早鴈相思如今憔悴異當時飄零心事殘月落花知　生小不知江上路分明却到梁溪匆匆剛欲話分携香消夢冷窗白一聲鷄

又　永平道中

獨客單衾誰念我曉來涼雨颼颼椷書欲寄又還休箇儂憔悴禁得更添愁　曾記年年三月病而今病向深秋盧龍風景白人頭藥爐烟裏支枕聽河流

又

點滴芭蕉心欲碎聲聲催憶當初欲眠還展舊時書

鴛鴦小字猶記手生疎　倦眼乍低緗帙亂重看一半模糊幽窗冷雨一燈孤料應情盡還道有情無

鬢雲鬆令

枕函香花徑漏依約相逢絮語黃昏後時節薄寒人病酒剗地梨花徹夜東風瘦　掩銀屏垂翠袖何處吹簫脉脉情微逗腸斷月明紅荳蔻月似當時人似當時否

又　詠浴

鬢雲鬆紅玉瑩早月多情送過梨花影半餉斜釵慵

未整暈入輕潮剛愛微風醒　露華清人語靜怕被郎窺移却青鸞鏡羅襪凌波波不定小扇单衣可耐星前冷

於中好

獨背殘陽上小樓誰家玉笛韻偏幽一行白鴈遥天暮幾點黄花滿地秋　驚節序歎沉浮穠華如夢水東流人間所事堪惆悵莫向横塘問舊遊

又　詠史

馬上吟成促渡江分明閒氣屬閨房生憎久閉金鋪

脂花冷回心玉一床　添哽咽足淒凉誰教生得滿身香只今西海年年月猶爲蕭家照斷腸

又

鴈帖寒雲次第飛向南猶自怨歸遲誰能瘦馬關山道又到西風撲鬢時　人杳杳思依依更無芳樹有鳥啼憑將掃黛窗前月持向今宵照別離

又

別緒如絲睡不成那堪孤枕夢邊城因聽紫塞三更雨却憶紅樓半夜燈　書鄭重恨分明天將愁味釀

多情起來呵手封題處偏到鴛鴦兩字氷

又

誰道陰山行路難風毛雨血萬人讙松梢露點沾鷹
細蘆葉溪深沒馬鞍　依樹歇映林看黃羊高宴簇
金盤蕭蕭一夕霜風緊却擁貂裘怨早寒

又

小搆園林寂不譁疎籬曲徑倣山家晝長吟罷風流
子忽聽楸枰響碧紗　添竹石伴烟霞擬憑樽酒慰
年華休嗟髀裏今生肉努力春來自種花

又　十月初四夜風雨其明日是亡婦生辰

塵滿疏簾素帶飄眞成暗度可憐宵幾回偷拭青衫淚忽傍犀奩見翠翹　惟有恨轉無聊五更依舊落花朝衰楊葉盡絲難盡冷雨淒風打畫橋

又

冷露無聲夜欲闌棲鴉不定朔風寒生憎畫鼓樓頭急不放征人夢裏還　秋淡淡月彎彎無人起向月中看明朝匹馬相思處知隔千山與萬山

又　送梁汾南還爲題小影

握手西風淚不乾年來多在別離間遙知獨聽燈前雨轉憶同看雪後山　憑寄語勸加餐桂花時節約重還分明小像沉香縷一片傷心欲畫難

南鄉子　搗衣

鴛瓦已新霜欲寄寒衣轉自傷見說征夫容易瘦端相夢裏回時仔細量　支枕怯空房且拭清砧就月光已是深秋兼獨夜淒涼月到西南更斷腸

又　為亡婦題照

淚咽却無聲祇向從前悔薄情憑仗丹青重省識盈

盈一片傷心畫不成　别語忒分明午夜鶼鶼夢早
醒卿自早醒儂自夢更更泣盡風簷夜雨鈴

又

飛絮晚悠颺斜日波紋映畫梁刺繡女兒樓上立柔
腸愛看晴絲百尺長　風定却聞香吹落殘紅在繡
床休墮玉釵驚比翼雙雙共唼蘋花綠滿塘

又　椰溝曉發

燈影伴鳴梭織女依然怨隔河曙色遠連山色起青
螺回首微茫憶翠蛾　淒切客中過料抵秋閨一半

多一世疎狂應爲著橫波作箇鴛鴦消得麽

又

何處淬吳鈎一片城荒枕碧流曾是當年龍戰地颼颼塞草霜風滿地秋　霸業等閒休躍馬橫戈總白頭莫把韶華輕換了封侯多少英雄只廢丘

又

烟暖雨初收落盡繁花小院幽摘得一雙紅豆子低頭說着分携淚暗流　人去似春休巵酒曾將酹石尤別自有人桃葉渡扁舟一種烟波各自愁

踏莎行

月華如水波紋似練幾簇淡烟衰柳塞鴻一夜盡南飛誰與問倚樓人瘦　韻拈風絮錄成金石不是舞裙歌袖從前負盡掃眉才又擔閣鏡囊重繡

又

春水鴨頭春衫鸚背烟絲無力風斜倚百花時節好逢迎可憐人掩屏山睡　寄語移燈閒情枕臂從教醞釀孤眠味春鴻不解諱相思映窗書破人人字

又 寄兒陽

倚柳題牋當花側帽賞心應比驅馳好錯教雙鬢受東風看吹綠影成絲早　金殿寒鴉玉堦春草就中冷暖和誰道小樓明月鎮長閒人生何事緇塵老

剪湘雲　送友

險韻慵拈新聲醉倚儘歷徧情塲懊惱曾記不道當時腸斷事還較而今得意向西風約略數年華舊心情灰矣　正是冷雨秋槐鬢絲憔悴又領畧愁中送客滋味密約重逢知甚日看取青衫和淚夢天涯繞徧儘由人只樽前迢遞

鵲橋仙 七夕

乞巧樓空影娥池冷佳節祇供愁歎丁寧休曝舊羅衣憶素手爲予縫綻　蓮粉飄紅菱絲翳碧仰見明星空爛親持鈿合夢中來信天上人間非幻

御帶花 重九夜

晚秋却勝春天好情在冷香深處朱樓六扇小屏山寂寞幾分塵土虬尾烟銷人夢覺碎蟲零杵便强說歡娛總是無憀心緒　轉憶當年消受盡皓腕紅萸嫣然一顧如今何事向禪榻茶烟怕歌愁舞玉粟寒

生且領畧月明清露嘆此際淒涼何必更滿城風雨

疎影　芭蕉

湘簾捲處甚離披翠影繞檐遮住小立吹裙常伴春慵掩映繡牀金縷芳心一束渾難展清淚裏隔年愁聚更夜深細聽空堦雨滴夢囘無據　正是秋來寂寞偏聲聲點點助人離緒纈被初寒宿酒全醒攪碎亂蛩雙杵西風落盡庭梧葉還賸得綠陰如許想玉人和露折來曾寫斷腸句

添字采桑子

閒愁似與斜陽約紅點蒼苔蛺蝶飛回又是梧桐新綠影上堦來　天涯望處音塵斷花謝花開懊惱離懷空壓鈿筐金縷繡合歡鞵

望江南　宿雙林禪院有感

挑燈坐坐久憶年時薄霧籠花嬌欲泣夜深微月下楊枝催道太眠遲　憔悴去此恨有誰知天上人間俱悵望經聲佛火兩淒迷未夢已先疑

木蘭花慢　立秋夜雨送梁汾南行

盼銀河迢遞驚入夜轉清商乍西園胡蝶輕翻麝粉

暗惹蜂黃炎凉等閒瞥眼甚絲絲點點攪柔腸應是
登臨送客别離滋味重嘗　疑將水墨畫疏窓孤影
澹瀟湘倩一葉高梧半條殘燭做盡商量荷裳被風
暗剪問今宵誰與盖鴛鴦從此羈愁萬疊夢回分付
啼螿

百字令　廢園有感

片紅飛減甚東風不語只催漂泊看上臙脂花上露
誰與画眉商畧碧甃缾沈紫錢釵掩雀踏金鈴索韶
華如夢爲尋好夢擔閣　又是金粉空梁定巢燕子

一口香泥落欲寫華箋憑寄與多少心情難託梅豆
圓時柳綿飄處失寄當初約斜陽冉冉斷魂分付殘
角

又　宿漢兒村

無情野火趂西風燒遍天涯芳草榆塞重來氷雪裏
冷入鬢絲吹老牧馬長嘶征笳亂動併入愁懷抱定
知今夕庾郎瘦損多少　便是惱滿腸肥尚難消受
此荒烟落照何況文園憔悴後非復酒壚風調回樂
峰寒受降城遠夢向家山遶茫茫百感憑高惟有清

嘯

又

綠楊飛絮嘆沉沉院落春歸何許盡日緇塵吹綺陌迷却夢遊歸路世事悠悠生涯未是醉眼斜陽暮傷心怕問斷魂何處金鼓　夜來月色如銀和衣獨擁花影疎窓度脈脈此情誰得識又道故人別去細數落花更闌未睡別是閒情緒聞余長歎西廊惟有鸚鵡

又

人生能幾總不如休惹情條恨葉剛是樽前同一笑又到別離時節燈炧挑殘爐烟爇盡無語空凝咽一天涼露芳魂此夜偷接　怕見人去樓空柳枝無恙猶掃窓間月無分香香深處住悔把蘭襟親結尚煖檀痕猶寒翠影觸緒添悲切愁多成病此愁知向誰說

沁園春　代悼亡

夢冷蘅蕪却望姍姍是耶非耶悵蘭膏漬粉尚留犀合金泥蹙繡空掩蟬紗影弱難持緣深暫隔只當離

愁滯海涯歸來也趂星前月底魂在梨花　鸞膠縱續琵琶問可及當年蕚綠華但無端摧折惡經風浪不知零落判委塵沙最憶相看嬌訛道字手剪銀燈自潑茶今已矣便帳中重見那似伊家

又

試望陰山黯然銷魂無言徘徊見青峰幾簇去天纔尺黃沙一片匝地無埃碎葉城荒拂雲堆遠雕外寒烟慘不開躑躅久忽氷崖轉石萬壑驚雷　窮邊自足秋懷又何必平生多恨哉只淒凉絕塞蛾眉遺冢

銷沉腐草駿骨空臺北轉河流南橫斗柄略點微霜
鬢早衰君不信向西風回首百事堪哀

又

丁巳重陽前三日夢亡婦淡妝素服執手哽
咽語多不復能記但臨別有云銜恨願爲天
上月年年猶得向郎圓婦素未工詩不知何
以得此也覺後感賦

瞬息浮生薄命如斯低徊怎忘記繡榻閒時並吹紅
雨雕闌曲處同倚斜陽夢好難留詩殘莫續贏得更

深哭一場遺容在只靈飈一轉未許端詳　重尋碧
落茫茫料短髮朝來定有霜便人間天上塵緣未斷
春花秋葉觸緒還傷欲結綢繆翻驚搖落減盡荀衣
昨日香眞無奈倩聲聲隣笛譜出回腸

東風齊着力

電急流光天生薄命有淚如潮勉爲歡謔到底總無
聊欲譜頻年離恨言已盡恨未曾消憑誰把一天愁
緒按出瓊簫　往事水迢迢窗前月幾番空照魂銷
舊歡新夢鴈齒小紅橋最是燒燈時候宜春髻酒煖

蒲萄淒凉煞五枝青玉風雨飄飄

摸魚兒 送德清蔡夫子

問人生頭白京國筭來何事消得不如罨畫清溪上簑笠扁舟一隻人不識且笑煮鱸魚趁着蓴絲碧無端酸鼻向岐路消魂征輪驛騎斷雁西風急 英雄輩事業東西南北臨風因甚成泣酬知有願頻揮手零雨淒其此日休太息須信道諸公衮衮皆虛擲年來蹤跡有多少雄心幾番惡夢淚點霜華織

又 午日雨眺

漲痕添半篙柔綠蒲梢荇葉無數臺榭空濛烟柳暗
白鳥啣魚欲舞紅橋路正一泒畫船簫鼓中流柱嘔
啞柔櫓又早拂新荷沿堤忽轉衝破翠錢雨　蒹葭
渚不減瀟湘深處霏霏漠漠如霧滴成一片鮫人淚
也似汨羅投賦愁難譜只綵線香菰脉脉成千古傷
心莫語記那日旗亭水嬉散盡中酒阻風去

烏夜啼

微雲一抹遥峰冷溶溶恰與箇人清曉畫眉同　紅
蠟淚青綾被水沉濃却向黄茅野店聽西風

又　秋海棠

簾際一痕輕綠墻陰幾簇低花夜來微雨西風輭無力任欹斜　彷彿箇人睡起暈紅不着鉛華天寒翠袖添凄楚愁近欲棲鴉

憶秦娥　龍潭口

山重叠懸崖一綫天疑裂天疑裂斷碑題字古苔横嚙　風聲雷動鳴金鉄陰森潭底蛟龍窟蛟龍窟興亾滿眼舊時明月

又

春深淺一痕搖漾青如剪青如剪鷺鷥立處烟蕪平
遠　吹開吹謝東風倦緗桃自惜紅顏變紅顏變兎
葵燕麥重來相見

減字木蘭花

燭花搖影冷透疎衾剛欲醒待不思量不許孤眠不
斷腸　茫茫碧落天上人間情一諾銀漢難通穩耐
風波願始從

又

相逢不語一朶芙蓉着秋雨小暈紅潮斜溜鬟心隻

鳳翹　待將低喚直爲凝情恐人見欲訴幽懷轉過回闌叩玉釵

又

從教鐵石毎見花開成惜惜淚點難消滴損蒼烟玉一條　憐伊太冷添個紙窻疎竹影記取相思環珮歸來月上時

又

斷魂無據萬水千山何處去没個音書盡日東風上綠除　故園春好寄語落花須自掃莫更傷春同是

懨懨多病人

又　新月

晚妝欲罷更把纖眉照鏡畫準待分明和雨和烟雨不勝　莫教星替守取團圓終必遂此夜紅樓天上人間一樣愁

海棠春

落紅片片渾如霧不教更覓桃源路香徑晚風寒月在花飛處　薔薇影暗空凝佇任碧颸輕衫縈住鶯起早棲鴉飛過秋千去

少年游

算來好景只如斯。惟許有情知。尋常風月，等閒談笑，稱意即相宜。　十年青鳥音塵斷，往事不勝思。一鈎殘照，半簾飛絮，總是惱人時。

大酺 寄梁汾

只一爐烟，一窓月，斷送朱顏如許。韶光猶在眼，怪無端吹上，幾分塵土。手撚殘枝，沉吟往事，渾似前生無據。鱗鴻憑誰寄，想天涯隻影，淒風苦雨。便砑損吳綾，啼沾蜀紙，有誰同賦。　當時不是錯，好花月合受天

公姤準擬倩春歸燕子說與從頭爭教他會人言語萬一離魂遇偏夢被冷香縈住剛聽得城頭鼓相思何益待把來生祝取慧業相同一處

滿庭芳　題元人蘆洲聚雁圖

似有猿啼更無漁唱依稀落盡丹楓濕雲影裏點點宿賓鴻占斷沙洲寂寞寒潮上一抹烟籠全不似半江瑟瑟相暎半江紅　楚天秋欲盡荻花吹處竟日冥濛近黃陵祠廟莫采芙蓉我欲行吟去也應難問騷客遺踪湘靈杳一樽遥酹還欲認青峰

又

埃雪翻鴉河氷躍馬驚風吹度龍堆陰燐夜泣此景總堪悲待向中宵起舞無人處那有村鷄祇應是金笳暗拍一樣淚沾衣　須知今古事棋枰勝負翻覆如斯歎紛紛蠻觸回首成非剩得幾行青史斜陽下斷碣殘碑年華共混同江水流去幾時回

憶王孫

暗憐雙緤鬱金香欲夢天涯思轉長幾夜東風昨夜霜減容光莫爲繁花又斷腸

又

西風一夜剪芭蕉滿眼芳菲總寂寥強把心情付濁醪讀離騷洗盡秋江日夜潮

又

刺桐花底是兒家已拆秋千未採茶睡起重尋好夢賖憶交加倚着閒窗數落花

卜算子 塞寒

塞艸晚纔青日落簫笳動慽慽悽悽入夜分催度星前夢 小語綠楊烟怯踏銀河凍行盡關山到白狼

相見惟珍重

又　五日

村靜午鷄啼綠暗新陰覆一展輕帘出画墻道是端陽酒　早晩夕陽蟬又噪長堤柳青鬢常青自古誰彈指黄花九

又

嬌輭不勝垂瘦怯那禁舞多事年年二月風剪出鵞黄縷　一種可憐生落日和烟雨蘇小門前長短條即漸迷行處

金人捧露盤 淨業寺觀蓮有懷蓀友

藕風輕蓮露冷斷虹收正紅窻初上簾鈎田田翠蓋趂斜陽魚浪香浮此時画閣垂楊岸睡起梳頭 舊遊蹤招提路重到處滿離憂想芙蓉湖上悠悠紅衣狼籍臥看桃葉送蘭舟午風吹斷江南夢夢裡菱謳

青玉案 人日

東風七日蚕芽輭青一縷休教剪夢隔湘烟征鴈遠那堪又是鬢絲吹綠小勝宜春顫 繡屏渾不遮愁斷忽忽年華空冷暖玉骨幾隨花骨換三春醉裏三

秋別後寂寞釵頭燕

又 宿烏龍江

東風捲地飄榆莢纔過了連天雪料得香閨香正徹那知此夜烏龍江畔獨對初三月 多情不是偏多別別爲多情設蝶夢百夢花夢蝶幾時相見西牕剪燭細把而今說

月上海棠 中元塞外

原頭野火燒殘碣歎英魂才魄暗銷歇終古江山問東風幾番涼熱驚心事又到中元時節 凄涼況是

愁中別枉沉吟千里共明月露冷鴛鴦最難忘滿池
荷葉青鸞杳碧天雲海音絕

雨霖鈴　種柳

横塘如練日遲簾幙烟絲斜捲却從何處移得章臺
彷彿乍舒嬌眼恰帶一痕殘照鎖黃昏庭院斷腸處
又惹相思碧霧濛濛度雙燕　回闌恰就輕陰轉背
風花不解春深淺託根幸自天上曾試把霓裳舞遍
百尺垂垂早是酒醒鶯語如剪只休隔夢裏紅樓望
個人兒見

滿江紅 茅屋新成却賦

問我何心却搆此三楹茅屋可學得海鷗無事閒飛閒宿百感都隨流水去一身還被浮名束悞東風遲日杏花天紅牙曲　塵土夢蕉中鹿翻覆手看棋局且耽閒殢酒消他薄福雪後誰遮簷角翠雨餘好種墻陰綠有些些欲說向寒宵西窗燭

又

代北燕南應不隔月明千里誰相念臙脂山下悲哉秋氣小立乍驚淸露濕孤眠最惜濃香膩況夜烏啼

絕四更頭邊聲起　銷不盡悲歌意勻不盡相思淚想故園今夜玉闌誰倚青海不來如意夢紅箋暫寫違心字道別來渾是不關心東堂桂

又

爲問封姨何事却排空捲地又不是江南春好妒花天氣葉盡歸鴉棲未得帶垂驚燕飄還起甚天公不肯惜愁人添憔悴　攬一霎燈前睡聽半餉心如醉倩碧紗遮斷画屏深翠隻影凄清殘燭下離魂飄緲秋空裏總隨他泊粉與飄香眞無謂

又為曹子清題其先人所搆楝亭亭在金陵署中

籍甚平陽羨奕葉流傳芳譽君不見山龍補袞昔時蘭署飲罷石頭城下水移來燕子磯邊樹倩一莖黃楝作三槐趨庭處　延夕月承晨露看手澤深餘慕更鳳毛才思登高能賦入夢憑將圖繪寫留題合遺紗籠護正綠陰青子盼烏衣來非暮

訴衷情

冷落繡衾誰與伴倚香篝春睡起斜日照梳頭欲寫兩眉愁休休遠山殘翠收莫登樓

水調歌頭 題西山秋爽圖

空山梵唄靜水月影俱沉悠然一境人外都不許塵侵歲晚憶曾遊處猶記半竿斜照一抹疎林絕頂茅庵裏老衲正孤吟 雲中錫溪頭釣澗邊琴此生着幾兩屐誰識臥遊心準擬乘風歸去錯向槐安回首何日得投簪布襪青鞵約但向畫圖尋

又 題岳陽樓圖

落日與湖水終古岳陽城登臨半是遷客歷歷數題名欲問遺蹤何處但見微波木葉幾簇打魚罾多少

別離恨哀鴈下前汀　忽宜雨旋宜月更宜晴人間無數金碧未許著空明淡墨生綃譜就待倩橫拖一筆帶出九疑青彷彿瀟湘夜鼓瑟舊精靈

天仙子　淥水亭秋夜

水浴凉蟾風入袂魚鱗觸損金波碎好天良夜酒盈樽心自醉愁難睡西南月落城烏起

又

夢裏蘼蕪青一剪玉郎經歲音書遠暗鐘明月不歸來梁上燕輕羅扇好風又落桃花片

好在輭綃紅淚積漏痕斜罥菱絲碧古釵封寄玉關
秋水咫尺人南北不信鴛鴦頭不白

浪淘沙

紫玉撥寒灰心字全非疎簾猶是隔簾垂半捲夕陽
紅雨入燕子來時　回首碧雲西多少心期短長亭
外短長堤百尺遊絲千里夢無限淒迷

又

野宿近荒城砧杵無聲月低霜重莫閑行過盡征鴻

書未寄夢又難憑　身世等浮萍病爲愁成寒宵一片枕前氷料得綺窗孤睡覺一倍關情

又　望海

蜃闕半模糊踏浪驚呼任將蠡測笑江湖沐日光華還浴月我欲乘桴　釣得六鼇無竿拂珊瑚桑田清淺問麻姑水氣浮天天接水那是蓬壺

又

夜雨做成秋恰上心頭教他珍重護風流端的爲誰添病也更爲誰羞　密意未曾休密願難酬珠簾四

捲月當樓暗憶歡期眞似夢夢也須留

又

紅影濕幽窗瘦盡春光雨餘花外却斜陽誰見薄衫低髻子抱膝思量　莫道不凄凉早近持觴暗思何事斷人腸曾是向他春夢裏瞥遇迴廊

又

舊譜待全刪別畫秋山朝雲漸入有無間莫笑生涯渾似夢好夢原難　紅咮啄花殘獨自凭闌月斜風起袷衣单消受春風都一例若個偏寒

又

悶自剔殘燈暗雨空庭瀟瀟已是不堪聽那更西風偏着意做盡秋聲　城柝已三更欲睡還醒薄寒中夜掩銀屏曾染戒香消俗念莫又多情

又

雙燕又飛還好景闌珊東風那惜小眉彎芳草綠波吹不盡只隔遥山　花雨憶前番粉淚偷彈倚樓誰與話春閒數到今朝三月二夢見猶難

又

清鏡上朝雲宿篆猶熏一春雙袂盡啼痕那更夜來山枕側又夢歸人　花底病中身懶約濺裙待尋閒事度佳辰繡榻重開添幾線舊譜翻新

南樓令

金液鎮心驚烟絲似不勝沁皺綃湘竹無聲不爲香桃憐瘦骨怕容易減紅情　將息報飛璚鸞箋署小名鹽凄涼片月三星待寄芙蓉心上露且道是解朝醒

又　塞外重九

古木向人秋驚蓬掠鬢稠是重陽何處堪愁記得當年惆悵事正風雨下南樓　斷夢幾能留香魂一哭休怪凉蟾空滿衾裯霜落烏啼渾不睡偏想出舊風流

生查子

短焰剔殘花夜久邊聲寂倦舞却聞雞暗覺青綾濕天水接冥濛一角西南白欲渡浣花溪遠夢輕無力

又

惆悵彩雲飛碧落知何許不見合歡花空倚相思樹
總是别時情那得分明語判得最長宵數盡厭厭
雨

又

東風不解愁偷展湘裙衩獨夜背紗籠影着纖腰畫
爇盡水沉烟露滴鴛鴦瓦花骨冷宜香小立櫻桃
下

又

鞭影落春隄緑錦障泥捲脉脉逗菱絲嫩水吳姬眼

齧膝帶香歸誰整櫻桃晏蠟淚惱東風舊壘眠新燕

又

散帙坐凝塵吹氣幽蘭並茶名龍鳳團香字鴛鴦餅玉局類彈棋顛倒雙棲影花月不曾閒莫放相思醒

憶桃源慢

斜倚熏籠隔簾寒徹徹夜寒於水離魂何處一片月明千里兩地淒凉多少恨分付藥爐烟細近來情緒

非關病酒如何擁鼻長如醉轉尋思不如睡也看道夜深怎睡　幾年消息浮沉把朱顏頓成憔悴紙窗風裂寒到個人衾被篆字香消燈炧冷忽聽寒鴻嘹唳加餐千萬寄聲珍重而今始會當時意早催人一更更漏殘雪月華滿地

青山濕遍　悼亾

青山濕遍憑伊慰我忍便相忘半月前頭扶病剪刀聲猶在銀釭憶生來小膽怯空房到而今獨伴梨花影冷冥冥儘意淒涼願指魂兮識路教尋夢也迴廊

咫尺玉鈎斜路一般消受蔓艸殘陽判把長眠滴醒和清淚攪入椒漿怕幽泉還爲我神傷道書生薄命宜將息再休躭怨粉愁香料得重圓密誓難禁寸裂柔腸

酒泉子

謝却荼蘼一片月明如水篆香消猶未睡早鴉啼嫩寒無賴羅衣薄休傍闌干角最愁人燈欲落鴈還飛

鳳凰臺上憶吹簫　守歲

錦瑟何年香屏此夕東風吹送相思記廵簷笑罷共
撚梅枝還向燈花影裏催教看燕蠟雞絲如今但一
徧消夜冷暖誰知　當時歡娛見慣道歲歲瓊筵上
漏如斯悵難尋舊約枉費新詞次第朱旛剪綵冠兒
側鬭轉蛾兒重驗取盧郎青髩未覺春遲

又　除夕得梁汾閩中信因賦

荔粉初裝桃符欲换懷人擬賦然脂喜螺江雙鯉忽
展新詞稠疊頻年離恨匆匆裏一紙難題分明見臨
緘重發欲寄遲遲　心知梅花佳句待粉郎香令再

結相思（辛稼軒客三山有梅花相思之句）記畫屏今夕曾共題詩獨客料應無睡慈恩夢那值微之重來日梧桐夜雨却話秋池

剪梧桐　自度曲

新睡覺正漏盡烏啼欲曉任百種思量都來擁枕薄衾顛倒土木形骸分甘抛擲只平白占伊懷抱聽蕭蕭一剪梧桐此日秋聲重到　若不是憂能傷人甚青鏡朱顏易老憶少日清狂花間馬上軟風斜照端的而今誤因疎起却懊惱殢人年少料應他此際閒

眠一樣積愁難掃

圖書在版編目（CIP）數據

飲水詩詞集 /（清）納蘭性德著. — 北京 ：中國書店，2019.4

ISBN 978-7-5149-2249-3

Ⅰ. ①飲… Ⅱ. ①納… Ⅲ. ①詞(文學)－作品集－中國－清代 Ⅳ. ①I222.849

中國版本圖書館CIP數據核字(2019)第024494號

飲水詩詞集

[清] 納蘭性德　著

責任編輯：趙小波

出版發行：中國書店

地　　址：北京市西城區琉璃廠東街115號

郵　　編：100050

印　　刷：藝堂印刷（天津）有限公司

開　　本：787毫米×1092毫米　1/16

版　　次：2019年4月第1版　2019年4月第1次印刷

印　　張：16

書　　號：ISBN 978-7-5149-2249-3

定　　價：190.00元

ISBN 978-7-5149-2249-3
9 787514 922493 >
定價: 190.00元